海鳥東月の『でたらめ』な事情

両生類かえる

口絵・本文イラスト●甘城なつき

1　えんぴつ事件

「泥棒だよ」

　奈良は出し抜けにそう言った。

「泥棒に遭ったみたいなんだ」

「…………え？」

　海鳥は驚いて、机の中身を鞄に仕舞う手を止める。

　とある県立高校の、二年生の教室。

　六時限目の授業が終わり、生徒たちがこぞって帰り支度を進める中で、二人の女子生徒だけが動きを止めていた。

　片方は奈良芳乃、短い髪の少女。

　もう片方は海鳥東月、長い髪の少女。

「……えっと、泥棒？」

　海鳥は言いながら、抱えていた鞄を、ひとまず椅子の下へと仕舞い込む。

「いきなりどうしたの？　泥棒ってことは、何かないの？」

「ないんじゃなくて盗まれたんだよ」

食い気味に奈良は、くたびれた声で被せてきた。

「……な、なんだか深刻そうだね。財布か携帯でもなくなった？」

心配そうに海鳥は尋ねたが、奈良は首を振ってそれを否定する。

「財布？　携帯？　ぜんぜん違うよ。私が盗まれたのは――鉛筆さ」

「え？」

「私は鉛筆を盗まれたのさ」

「…………は？」

奈良の言葉に、海鳥はしばらく黙り込んだ。頬を引きつらせ、何も言えないという様子だった――が、やがて怪訝そうに眉をひそめて、

「……ちょ、ちょっと、奈良ってば、何言ってるの？　鉛筆が盗まれた？　要するに、どこかで鉛筆を失くしたってこと？」

「違うよ海鳥。ないんじゃなくて、盗まれたんだって」

またも奈良は食い気味に被せてくる。海鳥は困り果てたように頬を掻いた。

「……いや、意味不明なんだけど。なに？　なにかの冗談？」

「微塵も冗談なんかじゃないよ、海鳥。私は大マジさ」

奈良は、なにやらうんざりしたように鼻を鳴らす――鳴らしただけで、その表情に変化はない。僅かも、一ミリたりとも、変化がない。表情がないのだ。緩まない頬は蝋で塗り

固められたかのようだ。

奈良芳乃。赤みがかった髪を首元の辺りで切り揃えた、線の細い、どこか冷たい雰囲気を纏った少女である。

「まあ、聞いてくれって海鳥……キミも承知の通り、私は根っからの鉛筆党さ。シャープペンシルなんて、そんな軟弱じゃない筆記用具は使わない。ただ鉛筆ってのは基本的に折れやすいから、しかも芯が折れちまうとどうしようもないから、常にペンケースの中にストックを切らさないようにしているのさ。きっちり、五本のストックをね。

これは小学生の頃から続けている。そして私は物持ちが良い方で、自分の部屋でペンケースの中身を取り替えることはあっても、失くしたことはほとんどないんだ。高校に入学してからに限れば、それこそただの一度もね」

だが、表情は乏しくとも、声音までもが冷ややかというわけではない。

むしろ表情の無さと反比例するように、口調の方は軽やかである。淀みなく、情緒豊かに、彼女は喋る。喋りたくて仕方ないという風に。

「……はあ？　な、なにそれ？」

一方、そんな奈良の説明を受けた海鳥の困り顔は、いっそう酷くなっていた。

「つまり、自分はこれまで一度も鉛筆を失くしたことがないから……だから誰かに盗まれたに違いないって、奈良はそういうことを言いたいわけ？」

海鳥東月。こちらは艶のある黒髪をお尻の辺りまで伸ばした、目元の優しげな、いかにも温和そうな雰囲気の少女である。ちなみに高校二年生の女子としては相当の長身であり、その目線の位置は、奈良のそれと比較すると頭一つぶんほども高い。

「い、いやいや、流石にその理屈は無茶でしょ。奈良がどれだけ管理を徹底していたのかは知らないけど、筆記用具なんて普通に使っていれば落とすのが当たり前だし……そもそも鉛筆なんて、そんなどこの100円ショップでも買えるようなもの、誰もわざわざ盗むわけないし。盗まれるほどの需要がないってば」

「……まあ、確かにね」

諭すような海鳥の物言いに、奈良は無表情で頷いて、

「海鳥の言う通りさ。失くさないように意識はしていたつもりだけど、なにかしらの抜本的な対策を講じていた訳でもないし……何より私には大量の鉛筆のストックがある。一本くらいなくなった所で、痛くも痒くもないよ。だから、ただ鉛筆がなくなっただけなら、私も『あ、うっかりしちまったな』って思う程度だったろうね。

だからこの場合は、何が盗まれたかじゃない——どう盗まれたかが問題なんだ」

奈良は自分の机の中から、ペンケースを引っ張り出していた。そして机上に、仕舞われていた鉛筆を取り出して並べる。

「……ん？　いや、五本あるよ？」

果たして、指折り数えた海鳥の言葉通り、並べられた鉛筆の数は五本。

「そうさ、鉛筆はちゃんと五本揃っている――だからこそ、盗まれたんだと確信できる」

「…………？」

「まあ、まずは触って確認してみなよ。それで全部わかる筈だからさ」

海鳥は促されるまま、五本の内から一本の鉛筆を選び、手に取ってみる。

「どうだい？」

「……特に変わったところのない、普通の鉛筆だね」

「そうかい。じゃあ次は？」

首を捻りながらも、海鳥はやはり促しに従う――そして二本目で、眉をひそめていた。

「……なにこれ？　なんか微妙に凹んでる？」

それは、鉛筆の中腹部分。見ただけではまず分からない、触らなければ気付くことの出来ないような、微かな凹みだった。

海鳥はその後も、鉛筆を順々に確認していったが、最初の一本を除いて、すべて凹まされていた。凹みの場所はそれぞれ違うものの、触らなければ気付けない、というのはどれも同じだ。

「それね、私が凹ませたんだよ」海鳥が五本目を確認し終えるのを見計らって、奈良は語りかけてくる。「硬いところに打ち付けてね。ほら、鉛筆って軟弱だからさ」

「……意味が分からないよ。四本を凹ませて、一本だけは凹まさない。何のおまじない？」

「そう考えると難しいのかもしれないけどさ。つまり鉛筆は、最初は五本とも凹まされていたんだとしたら、どうだい？」

「……はあ？」

海鳥はしばらく言葉の意味が分からないという風に、首を傾げていたが、「――っ！」突然ハッとしたように、その顔を強張らせていた。

「気付いたようだね、海鳥」

無表情で、満足そうに鼻を鳴らして、奈良は言う。「私は昨夜、ペンケースの中の鉛筆、五本全てに細工をした。触らなければ気付けないような凹みを、それぞれ異なる場所につけた。ちゃんと凹んでいたことは、一時限目が始まる前に確認している。だけどこの通り、何故だか一本から、凹みが消えちまった。綺麗さっぱり跡形もなくね。

傷や摩耗が自動で修復される、なんて機能は鉛筆にはないよ、当然ね……だからこの鉛筆は、私の鉛筆じゃない。銘柄、長さ、芯の尖り具合が、元々の鉛筆と全く変わらないだけの、違う鉛筆だ。それなら私が凹みを付けた鉛筆は、一体どこに行っちまった？　どうして私のじゃない、私のにそっくりな鉛筆が、私のペンケースの中にあるんだ？」

奈良は無造作に一本を手に取って、その凹みを撫でる。

「すり替えられている。私にばれないように、私の鉛筆を盗んだ人間が、どこかにいる。

銘柄も、長さも、芯の尖り具合まで揃えるなんて、正気の沙汰じゃあない。そんなことをする人間は正気じゃない。正気じゃないその泥棒は、私の鉛筆を、一体どうして盗んだ？　筆記用具を家に忘れて困っていた？　まさか！　変態だよ！　特上の変態さんだよ！」

奈良は無表情で——心底気味悪そうな声色で、吐き捨てていた。

対して、海鳥はぽかんと口を開けたまま、呆然と固まっている。

「最初はね、違和感だったんだ。つい一時間前に握っていた鉛筆と、今握っている鉛筆が、どこか『違っている』って感覚。具体的に、どこがどうとは言えないんだけどさ。もちろん気のせいだと思ったよ。そういうことは去年の後半に、五回くらいはあったけれど、気にしなかった。よしんばそんな変態がいるとしても、私に気付かれないようにそっくりの鉛筆とすり替えるなんて、到底無理だと思ったからね」

「…………」

「だから面白半分だった。正気の沙汰じゃないにしても、到底無理に思えるにしても——物理的に不可能って訳じゃあない。もしかしたら変態は、いるのかもしれない。物は試しで、確認してみようと思い立った。後で友達への、笑い話にでもするつもりでね。名探偵を気取って、罠を張ったのさ。気付かれる可能性は低いと踏んでいたぜ。常軌を逸してまで、私に気付かれないことに神経を張り巡らせている泥棒だ。きっと恐ろしく慎重な人間に違いない。だからこそ、犯行に及ぶ瞬間だけは、大胆にならざるを得ない。モタモタしていたら人目につっちまうからね。目印を確認している暇は、ないだろう」

奈良はそこで言葉を切って、一呼吸入れた。かなり疲れている様子だったが、やはり表情には出ない。

「事実に気付いたのは昼休みだ。愕然としたよ。どれほど気持ち悪かったか、とても筆舌には尽くせない。泥棒……仮に『鉛筆泥棒』と名付けようか。奴さんの変態性は超弩級だ。

ちなみに、言わずもがなのことだとは思うけれど、これはキミをからかう目的で行った、自作自演とかじゃ決してないからね？　そりゃあ確かに、私はそういう冗談大好きだけどさ。今回はマジだ。冗談であって欲しいと切に思うけれど、残念ながら大マジなんだ。こう見えて、中々にグロッキーなんだぜ、今の私は」

「…………っ！　な、なにそれ……!?」

と、ようやく海鳥は口を開いていた。いつの間にか、その表情からは完全に血の気が失せている。たった今奈良から告げられた事実に、よほどの衝撃を受けているらしい。

「え、鉛筆泥棒って……つまり奈良は、そんな気色の悪いストーカーみたいな人が、このクラスの中にいるって言いたいの!?」

「残念ながら、その可能性は高いと言わざるを得ないよね」奈良はつまらなそうな顔のまま、悲しそうに息を漏らして、「私だってクラスメイトを疑いたくはないけれど……そんな神懸かり的な犯行が出来るのだとしたら、鉛筆泥棒はある程度、私と距離の近い人間に限られるだろう。それこそ、こんな風に人目を気にせず話していれば、うっかり犯人の耳に届いちまうかもしれないくらいには」

奈良は帰り支度を進める、大勢のクラスメイトを見回して、「だからこそ……これは……揺さぶりの意味もあるのさ。慎重であるということは、イコール臆病であるということだからね。私が犯行に気付いている、なんて話を間近でされて、平静を保てる筈がない。必ずボロを出す——ま、実際は帰り支度で忙しくて、誰も私たちの話し声なんて聞こえていないみたいだけど」

アテが外れた、という風に肩を竦めて、溜め息を漏らす奈良。一方の海鳥は尚もキョロキョロと、どこか怯えた様子で、視線を泳がせ続けている。

「犯人はこの中にいる。その事実に、気色悪さに、私は昼休みからこっち、ずっとぼーっとしていたんだけどさ……放課後前の今になって、ようやく落ち着いたよ」

奈良は言いながら、依然として落ち着きのない海鳥の瞳を見据えて、

「そんなわけで、私は鉛筆泥棒を見つけ出そうと思う。海鳥にも、ぜひ協力してほしい」

「……え？」

「そんな得体の知れないストーカーが近くにいるとか、普通に不愉快だからね。存在に気付いてしまった以上、放置は出来ないよ。それに、今は鉛筆を盗まれるくらいの被害で済んでいるけれど、この先もそうだとは限らないわけだし」

奈良は億劫そうに息をついて、「とはいえ、この段階で先生に相談しても、まともに取り合ってはくれないだろうから――『お前の勘違いじゃないのか？』って言われるだけだろうから、私たちだけで何とかするしかないんだよね。自力で犯人を特定して、変態行為を止めさせないといけない。まったく面倒なことこの上ないよ。そんな気色悪い変態のために、こっちの労力を割かないといけないなんてさ」

「…………はあ」

「だからこそ目撃証言が欲しいんだよ。海鳥、キミは私の隣の席だろう。どうだい？　昼休み、私の机の周りで、怪しい動きをしている奴はいなかったかい？　あるいは、この鉛筆と同じ種類の鉛筆を、どこかで見たりはしなかったかい？」

「……うーん」

　尋ねられて、海鳥は思案気に眉間を摘まんでいた。何やら言葉を選んでいる風である。

「……ごめん奈良。悪いけど、力になれそうもないよ。犯人は見てないし、昼休み以降に、その盗まれた鉛筆とやらを見た覚えもないから」

「……そうかい」奈良は脱力した風に肩を落として、「残念だよ。まあ、そう簡単に尻尾を掴める筈もないんだけどさ」

「……でも、奈良の言う通りだね。これはのっぴきならない事態だと思うよ」

と、顔を青くしたままの海鳥は、ひとりでに頷いて、

「今回はこれくらいで済んだから良かったけど、次もそうだとは限らない。ちゃんと対策を練らないとね……」

そうブツブツと呟きを漏らしていた。その声音といい、表情といい、真剣そのものである。彼女なりに、級友である奈良の身に降りかかった怪事件について、一生懸命に考えを巡らせているらしい。

そんな海鳥の姿を見て、奈良は無表情のまま、どこか嬉しそうに鼻を鳴らしてみせる。

「……ふふっ。やっぱり、キミに相談したのは正解だったみたいだね、海鳥」

「え？」

「そこまで真剣に私の身を案じてくれる友達なんて、キミくらいだよ。鉛筆泥棒の件は、あくまでキミにとっては他人事の筈なのに、さっきからまるで自分のことのように思い悩んでくれているじゃないか。こんな良い友達に恵まれて、私は本当に幸せものだ」

「…………奈良」

奈良の言葉に、海鳥は決まりが悪そうに視線を逸らして、

「や、やめてよ……私、そんな良いものじゃないってば。ただ、他人に嘘を吐けないから、思ったことが全部表情に出ちゃうってだけで」

「ああ、よく知っているとも。伊達に一年間も友達をやってないからね——キミほど素直で正直な女の子を、私は他に知らないよ。顔を見るだけで、何を考えているか大体分かっ

ちゃうんだもの」

　からかうような口調で、尚も海鳥を誉めそやす奈良。もはや言うまでもなく、その間も表情は、無表情のままで固定されている。

　表情豊かな海鳥東月と、どんなときでも無表情の奈良芳乃――どこまでも対照的な二人である。

「これでもう少し付き合いが良ければ、友達として完璧なんだけどね。海鳥ったら、私がたまに『外で遊ぼうぜ』って誘っても、ぜんぜん予定を合わせてくれないんだもの。毎週毎週、どんだけバイトのシフトを入れているんだよって感じ！」

「……あ、あはは。それは本当にごめんね、奈良。私のバイト先、物凄く人手が足りていなくて、いつも殺人的に忙しいからさ。平日は学校がある分、土日とか祝日とかは、出来るだけ出勤できるようにしたくて」

「まったく、とことんまでお人よしなんだから、海鳥は。そんな店側の都合を、キミが気にする必要なんてどこにもないのにさ。なにより勿体ないってば。たった一回きりの高校生活を、そんなバイト三昧に費やしちゃうだなんて」

「……ま、私は別にそれでもいいんだけどね。こうして教室で、キミといちゃつけるだけでも十分楽しいから」

　などと言いながら、奈良は片手を伸ばして、海鳥の長い髪を出し抜けに摘まんでくる。

「きゃっ⁉　ちょ、ちょっと、なにするの奈良？」

「ふふっ、また放課後はキミと会えなくなるわけだからね。今の内に、この黒髪の感触をたっぷり楽しんでおこうかなって。

私、一日に四回はキミの髪を触らないと、気持ちが落ち着かなくなるんだよね～。なにせ一年生のときから同じクラスで、ずっと隣同士の席で、毎日のようにキミの髪を触ってきたわけだからさ。キミと会えない土日なんかは、この黒髪ロングを思い出して切なくなるものさ。ある種の禁断症状ってやつかな」

「……っ！　も、もう、毎度変な冗談やめてってば、奈良！　私の髪なんかで、そんな変な症状起こすわけないでしょ⁉　いつも言ってることだけど！」

「ははっ、今さらこれくらいでイチイチ照れるなって。私たち、昨日今日の付き合いじゃないんだから」

などと奈良は冗談めかしたように言いつつも、しばらくの間、好き放題に海鳥の髪をもてあそんでいたが……やがて満足し切ったという風に、毛先を指先から離して、

「まあ、冗談はこれくらいにして――鉛筆泥棒の件については、じっくり進めることにするよ。最悪でも四月中に解決できるなら十分だろうさ。流石に高校二年のゴールデンウイークに、こんな気色の悪い懸案事項を持ち越したくはないからね」

「……う、うん、そうだね」

奈良に乱された髪の毛を整えつつ、海鳥も言葉を返す。

「正直私も、どれくらい力になれるかは分からないんだけどさ。ずっとこんな風に仲良くしてくれている奈良の一大事だし、手伝える範囲で手伝わせてもらうよ。もしもその鉛筆泥棒とやらが私の目の前に現れたら、この手でぶっ飛ばしてあげる」

「ははっ、頼もしいね、怖いくらいだ。流石は私の親友だ……そう言えば海鳥。世界で一番怖いもの知らずな泥棒って、何だと思う？」

「……？　なにそれ？」

尋ねられて、海鳥は少し考えてみたが、答えらしいものは浮かばなかった。

「ちょっと分からないかな。教えてよ奈良」

「パトカー泥棒」

奈良は得意げに言い放つ。それは確かに怖いもの知らずだと、海鳥は閉口した。

海鳥は帰宅した。

３０４号室の扉を開けて、玄関に入り、靴を脱ぎながら電灯のスイッチを入れる。まだ日没前とはいえ、窓がカーテンで覆われているため、灯り（あか）がないととても暗いのだ。

玄関から進んですぐ右に、簡素な台所と冷蔵庫がある。左にはトイレと浴室・脱衣所が並ぶ。曲がらずに真っ直ぐ行けば、ベッドとクローゼットと、後は丸テーブルくらいしか置いていないリビングに辿り着く。リビングの突き当たりに備え付けられた窓からは、隣のビルのコンクリート壁くらいしか見えないため、カーテンが開かれることは滅多にない。

このマンションの一室が、海鳥東月の生活空間だった。彼女は去年の春ごろから、ここで一人暮らしをしている。

「……ふぅ」

海鳥は靴を脱いでから、一息ついた。「……ふううううう」そのまま、床に倒れ込む。

「……ふふっ、あははははっ！」

やがて、薄気味悪く笑い始めた。

「あはははっ！　ああもうっ――興奮し過ぎて、死ぬかと思ったよ！」

彼女は仰向けのまま、鞄の口に手を突っ込んで、ごそごそと、やがて『何か』を引っ張り出した――紙袋である。国語辞典くらいの大きさで、セロハンテープで口が閉じられている。海鳥はテープを剥がして、袋を逆さにした。中身が落ちてくる。

落ちてきた鉛筆を見つめて、海鳥は恍惚とした表情を浮かべる。

「……ああっ、奈良！　奈良！　奈良ぁ……！」

海鳥は鉛筆を握りしめ、愛おしそうにクラスメイトの名前を連呼する。

「しかしまさか、奈良があそこまで勘付いているとは思わなかったよ。一年生のときはま

るで気付く様子がなかったから、油断した……」

そのまま立ち上がることなく海鳥は、床を這い始めた。「だけど奈良。これが試験だったら、奈良は落第なんだよ？　100点満点で、5点って所だね」這って、冷蔵庫の方へと近づいていく。

「人間なんだから、ミスはする。しない方がおかしい」

海鳥は冷蔵庫の扉に手を掛ける——一気に開く——そこにあったのは。

整然と陳列された、数えきれないほどの鉛筆だった。

「一年間で、100本も鉛筆を盗んだら、五回くらいは、失敗することもあるってね」

だらしなく表情を崩しながら、海鳥はようやく立ち上がる。

「ちょっと早いけど、ごはんにしようか。気分がいいし、それに鮮度が命だしね」

冷蔵庫の扉が閉じられる。その後、海鳥は鉛筆を握ったまま、制服から着替えることもせず、台所の前へと移動していた。

「素材がいいんだから、シンプルでいいよね」

あらかじめ炊いていた白米を、海鳥は炊飯器からよそう。そしてプラスチック製の箸と、何故か台所に置かれていた『鉛筆削り』を持って、リビングの丸テーブルへと向かう。

足をだらけさせて座り、鉛筆削りを茶碗の上に掲げる。小型の鉛筆削りである。蓋をしなければ削った芯が外に溢れてしまう構造だが、海鳥によって既に蓋は外されており、剥き出しの状態だった。

そして奈良芳乃の鉛筆を、削り始めた。

鉛筆の削りカスが、白米に降りかかっていく。芯の先が尖り切るまで削る。それ以上削りにくくなると、机でわざと芯の先を叩き折って、また削りやすくする。その繰り返し。削りカスで白米の部分が見えなくなるまで繰り返し。最後に、机上に転がる黒鉛の欠片をパラパラとまぶして、海鳥は満足そうに息を吐いた。

「やっぱり金曜日の夜は、奈良の鉛筆かけごはんに限るよ」

いただきますをしてから、海鳥は、鉛筆の削りカスまみれの白米を、口の中へとかきこみ始める。

黒鉛の何とも言えない苦味と、カスの部分のシャリシャリとした食感が口いっぱいに広がる。とても不味い筈だし、何より確実に身体に悪い。しかし当人は幸せそうである。もぐもぐ、と栗鼠のように口を動かし、噛み砕かれた鉛筆を喉の奥へと流し込んでいく。

「ふーっ。ご馳走様！」

やがて1分ほどで平らげると、海鳥は満足そうな声を上げ、大きく伸びをしていた。

「そうは言ってもなぁ。春休みに、大分冷蔵庫の中身を消費しちゃったからなぁ。ハイペースですり替えたい所なんだけど……今日で警戒されただろうしなぁ。しばらくは控えるべきなんだろうな、やっぱり」

しかし、いざとなれば『保存用』を切り崩せばいいだけなので、海鳥は言うほど慌てていない——彼女は盗んできた鉛筆を、おおよそ二種類に分けて保管している。『賞味用』と『保存用』だ。最初はどの鉛筆も『賞味用』であり、半分ほど食べた所で『保存用』に切り替わる。冷蔵庫に保管されている鉛筆の中で、最も古い『保存用』の鉛筆は、去年の五月に盗んだものである。

そして彼女が背を向けているベッド、その収納スペースには、大量の新品鉛筆がストックされている。『すり替え用』の鉛筆である。新学期に入ったらすり替えまくろうと、春休み、近くの100円ショップで揃えたのだ。そういった意味でも、海鳥は肩透かしを食らった格好になってしまった。新学期が始まって、まだちょっとしか盗めていないのに。

「……悪いとは、悪いとは思ってるんだよぉ、奈良」

ニタニタと、やはり気味の悪い笑みを浮かべながら、海鳥は呟く。

「でも、ごめん……どうしても自分を抑えられないんだ。私、嘘が吐けないからさ」

——ピンポーン。

と、そこで唐突に、海鳥の部屋のインターホンが鳴らされていた。

「…………？」

誰だろう？　海鳥は考える。宅配を頼んだ覚えはないし、彼女は近所付き合いなど一切していないので近隣住民ということも考えにくい。新聞のセールスか何かだろうか？

「……ドアスコープを覗いて、面倒くさそうだったら居留守を使えばいいか」

海鳥はそんな風に結論付けて、立ち上がり、玄関の方へ向かう。苛立たし気な足取りである。折角のお愉しみの、余韻の時間を邪魔されて、内心穏やかではないのだ。

「……え？」

しかしスコープを覗いた瞬間、彼女の中から、そんな苛立ちは消え失せてしまっていた。ドアの前に立っていたのは、頭からネコミミの生えた、半泣きの女の子だったからである。

「……えっと」

落ち着いて、海鳥は少女を観察してみる。当たり前だが、実際にネコミミが頭から生えている訳ではなかった。そういう『服』だ。パーカーのフードの部分に、ネコのミミが付いている。随分と可愛らしい服だ、と海鳥は素直にそう思った。

それからフードの下、少女の髪を見て面食らう。髪型が奇抜だったのではない。やや癖っ毛気味の、ありふれた普通のショートカットだ——奇抜なのは、その髪の色だ。毛先まで真っ白け、一本残らず総白髪なのである。染めているのだろうか？

そして何よりも、少女は半泣きだった。スカートの裾を摘まみながら、縋り付くような目でドアスコープを見つめて来ている。向こう側から室内を覗くことは、スコープの構造上出来ないのだが、それほどまでに切羽詰まっているということらしい。

「……ちょっ、どうしたんですか？」

海鳥は堪らずドアを開け、謎の少女に呼びかけていた。

「……う、うああ」

果たして少女は、救われたような眼差しを海鳥に向けて、両肩を震わせる。

「……あ、あの、トイレを、トイレを貸していただけないでしょうか？」

「……ああ」

その一言で、海鳥はおおよその事情を理解していた。

「わ、私、この階に住んでいる者なんですけど、鍵を失くしちゃって……親はまだ帰ってこないし、この辺近くにコンビニもないし、もうどうしようもなくて……そ、それで」

「うん、もう分かったよ。大丈夫だから」

海鳥は穏やかな笑みを浮かべつつ、少女に囁きかける。

「辛かったね。よく頑張ったね。トイレ、貸してあげるから、どうぞ上がって」

「――！　あ、ありがとうございます！」

少女は弾かれたように頭を下げていた。そして相当余裕がないのか、駆けこむようにドアの内側へと入ってくる――まあ大丈夫だろうと、海鳥はドアを閉めながら考える。確かにこの部屋には、見られたら困る鉛筆がある。しかし困るのは、あくまでも被害者に見られた場合だ。言ってしまえば、ただ鉛筆を冷蔵庫に入れているだけなのだ。よしんば見られたとしても、変わった人だと思われるだけだろう。そもそもトイレを貸すだけなのだから、冷蔵庫の中身なんて見られる心配もないのだが。

「え、ええと、ええと、それで、トイレは……っ！」

「ああ、ごめんごめん。玄関入ってすぐなんだ。今開けるね」

海鳥は、玄関から見て左手に設置された引き戸を急いでスライドさせ、電灯のスイッチを入れる。

「はい、遠慮せずに使ってくれたらいいから……」と、そこで海鳥は、僅かに疑問を抱く。

「……？」この少女はたった今、『自分はこの階に住んでいる者だ』と名乗った。しかし、こんな奇抜な髪色をした女の子が、本当にこの階に住んでいただろうか？　いくら近所付き合いに無頓着な海鳥でも、ここまで人目を引く隣人、一度でも見かけたら絶対に忘れないと思うのだが……。「……って、あれ？　それ何？」

海鳥はぼんやりとした口調で、少女が握りしめている『それ』を指差して問い掛ける。

『それ』は刃渡りが10㎝ほどの、包丁だった。

少女は海鳥の問いに答えないまま、包丁の切っ先を彼女に向ける。

「動かないでください。大人しくしないのなら殺します」

その声に、先ほどまでの慌てた様子はない。どこまでも無機質で、恐ろしく冷たい声音だ。海鳥はしばらく、その言葉が少女の口から発せられたものだと、理解出来なかった。

「殺されたくないなら、こちらの指示に従って下さい――トイレの個室の中へどうぞ」

「……え？　え？」

「急いで下さい。五秒以内に従わなければ、従う意志のないものと見做しますよ」

「………」

海鳥は呆然としたまま、少女に言われるがまま、トイレの個室にふらふらと入る。少女もその後に続いた。引き戸が閉められる。

「そこに座って下さい」

また促され、海鳥はやはり素直に従う。ちょこん、と蓋を開けた便座の上に腰を下ろす。スカートをたくし上げずに便座に座るとは、変な感じだと、そんなことを考えながら。

「……？　えっと、その、おしっこは大丈夫なの？」

「それは嘘です。スムーズにあなたの部屋に侵入するため、嘘を吐かせてもらいました」

「……はぁ。え、あ、そうなんだ？」

要領の得ない受け答えに終始する海鳥を、少女は包丁の切っ先を向けたまま、冷めた目で見つめている。

「自己紹介が遅れてしまいましたね。名乗りましょう。私は女性の味方と言います」

「…………は？」

「まあ非常に簡単に、ざっくばらんに説明しますと、私はか弱いがゆえに涙する、あらゆる女性の味方なのです。痴漢とかセクハラとか、現代社会は女性に対する害で溢れていますからね。そういう悪を、天に代わって成敗するのがこの私。各地を転々としつつ、毎日のように女性の敵を葬り続けています」

「………？」

そう丁寧に名乗られても、意味不明すぎて、ただでさえ混乱の只中にある海鳥の脳では上手く処理することが出来ない。

「意味が分からない、という顔をされていますね。別に理解していただかなくても結構ですけど――この女性の敵め。この私が来たからには、今日が年貢の納め時ですよ、海鳥東月さん」

「………え？」

「海鳥東月。16歳、兵庫県立いすずの宮高校に通う二年生。四月一日生まれ。身長170cm、体重××kg、スリーサイズは上から98－63－92。神戸市中央区にて出生後、幼少期に母方の実家のある姫路市に移り住み、高校入学のタイミングで単身神戸市に戻ってきた。両親は既に離婚しており、家族は母親のみ。学業成績は基本的に良好で、中高通してクラブに所属した経験はなし。市内のネットカフェで週5日ほどアルバイトをしている。趣味は深夜放送のラジオを聴くこと――全部、合っていますよね？」

「………う、うぇぇ？」

そう一気に捲し立てられて、海鳥は言葉にならない呻き声を漏らしていた。

「え？　な、なんでそんなこと知ってるの……!?　す、スリーサイズまで!?」依然として訳は分からないのだが、それでも言い知れない恐怖が湧き上がってくるのを、海鳥は感じていた。「ま、まさか……ストーカー!?」

「違います。ただ調べたというだけです。というか、ストーカーはあなたの方でしょう」

「……へ？」

「海鳥東月さん。あなたは去年の春ごろから、慢性的に、クラスメイトである奈良芳乃さんの鉛筆を盗んで食べていますね？」

「――っ!?」

海鳥の表情がいっそう強張る。受けた衝撃は、今しがた個人情報を読み上げられたときの比ではない。「う、嘘でしょ!?　な、ななな、なんで知ってるの!?」

「ふん。その反応を見る限り、やはり事実のようですね」

謎の少女――女性の味方は、海鳥を睨みつけて言う。「いいですか？　あなたのやったことは、疑いようのないストーカー行為です。女性の尊厳を著しく踏みにじっています。とうてい許容できるものではありません。女性の味方として、あなたを成敗します――今からこの包丁であなたの喉笛を引っ掻いてあげるので、覚悟してください」

「……っっ!?　っ！　っ！　――っ!?」

そこで初めて海鳥(うみどり)は、状況を理解した。

さっぱりな部分はそれでも大量に残っていたが、最低限理解しなければいけないことは理解出来た――この女の子はどういうわけか、海鳥のことを調べ上げている。奈良(なら)から鉛筆を盗んでいることまで知っている。そして何よりも、完全・完璧にホンモノだ。どうやら海鳥はそれと知らずに、とんでもない異常者を部屋の中に招き入れてしまったらしい。

言動は意味不明で、手には刃渡り10㎝の包丁。そんな危険極まりない見ず知らずの少女と、トイレの個室という密室に、二人きりで押し込められている。よく考えるまでもなく、絶体絶命の状況である。

「ちょ、ちょっと待って……！　あなた、本当に何なの⁉　私の喉を包丁で引(ひ)っ掻(か)くって……そ、そんなこと、本気で――」

「本気かどうか、信じる、信じないはあなたの自由です。どうせ、これが喉元に食い込んだときに分かることですから」

「…………」海鳥は顔を引きつらせて、頭上の包丁を見つめる。個室内の照明を受けてギラギラと輝いているそれは、とても偽物には見えない。

「自分の置かれた状況が理解出来ましたか？　この包丁を恐ろしく思うなら、くれぐれも私に歯向かおうなんて気は起こさないことですね、海鳥東月(とうげつ)さん。変態ストーカーさん」

女性の味方は冷淡に言いつつ、手元の包丁をくるくると弄んでみせる。

「まったく、私もこれまで数々の女性の敵を葬ってきましたけど、あなたほど業の深い変態はかつていませんでしたよ。それはもちろん、ただの同性愛というのなら何の問題もないでしょうが……同級生の鉛筆をこっそり持ち帰って、ごはんにかけて食べてしまうなんてね。よくそんな気色の悪い行為を思い付くものです」

「……っ！　だ、だから、どうしてそのことを⁉」

訳が分からない、という風に唇を噛む海鳥。「奈良の鉛筆の件については、誰にも教えてないし、誰にもバレてない筈なのに……ど、どうやって……！」

「そんなことをあなたが知る必要はありません……自分の行いを知られたことがそんなに信じられませんか？　別に私はいいですけどね。今すぐに、この部屋の冷蔵庫に押し込まれている、大量の鉛筆を検めてしまっても」

「――〰〰っ⁉」

海鳥はあまりの衝撃に、二の句を継げなくなってしまう。本当に、何もかも知られてしまっている。海鳥が冷蔵庫に鉛筆をストックしていることなんて、実際にこの部屋を調べなければ分かりようのないことなのに。一体誰が、どうして、どうやって……しかし、そんな海鳥の困惑などお構いなしに、女性の味方は尚も言葉を続けてくる。

「あなたはただ、私の質問に素直に答えていればいいんです。もしかしたらこちらにも、事実の誤認があるかもしれませんからね。いくら女性の敵とはいえ、万が一にも情状酌量の余地があると判断されれば、あなたを見逃すことも、もとい更生に期待することも、やぶさかではありません」

「……？　し、質問って？」

「単なる事実確認です――いいですか？　私は何も、あなたが鉛筆を盗んで食べていることと自体を問題視しているわけではないのですよ。代わりに新品とすり替えている以上、奈良芳乃さん本人に実害は出ていないわけですからね。問題なのは、あくまでそれも氷山の一角に過ぎない、ということです」

「……え？」

「この期に及んですっとぼけないでください。筆記用具を盗んで食べてしまうくらい変態的な欲求を募らせている相手に対して、筆記用具を食べる以上のことはしていない、なんてことがあるわけないでしょう。どうせ、盗撮やらつきまといやら体操服を盗んだりやら、もっと洒落にならないようなストーカー行為を繰り返してきたに決まっています」

女性の味方は、海鳥を睨む目つきをいっそう険しくさせて、

「だとすれば、やはりあなたは女性の敵です。情状酌量の余地なんてひとかけらもありません。いずれ奈良芳乃さんへの直接的な行為に及ぶ前に、取り返しのつかないことになる前に――この場で、息の根を止めてしまうべきでしょうね」

「――ひっ⁉」

女性の味方にそう凄まれて、言葉にならない悲鳴を漏らす海鳥。

「ちょ、ちょっと待ってよ！　息の根を止めるなんて、そんな――」

「命乞いなんてしても無意味ですよ。私は卑劣な変態に対しては、一切の容赦をしないと決めていますから――まあ、よく考えたらあなた女性ですし、女性の味方である私が手出し出来る存在では本来ないいんですけど。しかしあなたは既に、女性である前に女性の敵ですからね。女性の敵は女性であっても殺します。男を葬るよりは気分が悪いですが、これも世の女性のためです、止むを得ません」

などと、何やら破綻したようなことを言いながら、女性の味方は包丁を振りかざし、

「で、どうなんですか？　今しがた私の言ったことに対して、何か反論できることは？」

「――？　え、ええと……」

「……はい。さようなら海鳥東月さん。また来世で――」

「――!?　ち、違う！　全然違うっ！　違いまくるっ！」

海鳥の喉元に突き刺さる寸前で包丁が止められた。女性の味方は残念そうに舌打ちして、

「違う？　どういう意味ですか？」

「と、盗撮もつきまといも体操服泥棒も、私はそんなこと一切してない！　あなた、どうやって私の鉛筆泥棒のことを知ったのか知らないけど、何か勘違いしてるんじゃない!?」

「勘違い？」

「別に私は同性愛者じゃない！　な、奈良のことを『特別な意味』で好きだとか、そういう感情は私の中に一ミリもないから！」

あらん限りの力で海鳥は叫んでいた。彼女の必死の金切り声が、個室の中に反響する。

「……はあ？　どういうことですか？　奈良芳乃さんに対して特別な感情を向けていないって、そんな筈ないでしょう。それならどうして、あなたは好きでもない相手の私物を食べようと――」

「し、私物じゃないよ！　鉛筆だよ！　私は奈良の鉛筆を食べたかったの！」

女性の味方の言葉を遮るようにして、海鳥は言い放つ。「より正確に言うならば、私は奈良の鉛筆に付着した、奈良の『指紋』を食べたかったんだよ……」

「『指紋』？」

「うん……私はその、なんていうか……」と、そこで海鳥は、何やら恥ずかしそうに視線を彷徨わせて、「他人の『指紋』を食べるのが、好きっていうか……子供の頃からの趣味なんだよね……」

「…………は？」

呆気に取られたように固まる女性の味方。そんな彼女の反応にも構わず、海鳥は何かにとりつかれたように、滔々と言葉を連ねていく。

「え、鉛筆って、毎日使うものでしょ？　つまり鉛筆には、持ち主の指紋が染み付いている、染み込んでいるってことなんだよね。ご、極上だよ。そりゃあ鉛筆自体は、あんまり美味しくないんだけど、大量の指紋を食べているって思えば味なんて大して気にもならないし……それこそ小学生の頃なんか、クラス中の鉛筆を盗んで食べていたものだったしね。加減っていうものを知らなかったからさ。流石に高校生にもなれば、分別が付くから、今の私は奈良から年間100本の鉛筆を盗む程度なんだけど……」

「……はあ、なるほど」

海鳥の饒舌な捲し立てに、女性の味方は気まずそうな表情を浮かべて、視線を逸らしていた。「つまり、自分には『他人の指紋を食べる』というマニアックな趣味があるだけで、奈良芳乃さん個人に対して特別な感情を持っているわけではないと。だから本格的に悪質なストーカー行為に手を染めたこともないと、そう言いたいわけですね？」

「う、うん……私が奈良に対してやった後ろめたい行為は、鉛筆を盗んで食べたことだけだよ」海鳥は豊かな胸を張って言う。「そ、それだって、別に奈良本人に迷惑をかけているわけじゃないしね。ちゃんと代わりの新品とすり替えているし、それも全部私のアルバイト代で賄ったものだし。そりゃあ確かに、世間的にアブノーマルな趣味だって自覚はあるけどさ。それだけで悪質なストーカー呼ばわりされるのは、甚だ心外っていうか……」

「…………」

女性の味方はしばらくの間、思案するように押し黙った。そして、

「確かに、それが本当なら、何も殺すことはないかもしれませんね。行為そのものの異常さはともかく、あくまで現段階で、奈良さんに直接的な被害は出ていないわけですから」

「――!? で、でしょ!? だったら――」

「――それが本当だとしたら、ね」

頸動脈を撫でるようにして、包丁の切っ先が海鳥の首元に当てられる。

「ひっ!?」

「鉛筆を盗んだのは事実なのでしょう? つまり泥棒です。泥棒の言葉なんて信じられません」

「な、なにそれ!? ちゃんと質問に答えたら、助けてくれるんじゃ――」

「残念でしたね。私はそもそも女性の敵の卑劣な言い逃れに耳を貸す気なんて、これっぽっちもなかったんですよ。所詮あなたたちは、嘘しか吐かないんですから」

「――～～～～～っ」

話が通じない。頭がおかしい。最初から分かり切っていたことだった。その瞬間、海鳥の脳裏に浮かんでいたのは、もうずっと会っていない母の顔――そして奈良の顔。

「――っ、嘘じゃない！」

果たして、深く考える間もなく海鳥は、頭に浮かんだままの言葉を口に出していた。

「私の言葉に嘘なんて一つもない！ 私は生まれてこの方、嘘を吐いたことがないから！」

　ぴたり、と包丁が止められる。

「……嘘を吐いたことがない？　なんですか、その嘘吐きの常套句は？」

「違う！　そういうことじゃなくて……だから私は、嘘を吐くことが出来ないの！」

「……はぁ？」

「性分とか、性格とか、主義とか……そういうものに関係なく、『呪い』みたいなもので、私は嘘を吐くことが出来ないんだよ！」

「……いや、意味が分からないです」

「――っ、え、ええと、疾患！　疾患だよ！　疾患だと思ってくれれば分かりやすいよ！」

「…………」海鳥の必死の訴えに、女性の味方はみたび沈黙する。「……疾患。つまり自分は、そういう病気だと言いたいんですか？」

「う、うん！　と言っても、あらゆる病院が私には匙を投げたから、原因は不明だけどね。どのお医者さんも、私が『嘘を吐けないという嘘』を吐いているだけだって診断したから……」

「私もそうとしか思えません」

「お、思わないで！　信じて！」

「……まあ、あるかもしれないとは、思いますけどね。そういう疾患。思ったことしか言えない、みたいな」

「……ちょっと違うよ。言葉に出せないだけじゃない。表情に出したり、文字に表したりするのでさえ無理だよ」

「……？　一気に分からなくなりました。表情の方はともかく、文字にも表せないってどういうことですか？　腕が痺れて、動かなくなるとでも？」

「…………っ！　こ、これは私の感覚的な話だから、どうにも伝えにくいんだけど……テレビゲームに、コマンドってあるでしょ？　『たたかう』とか『にげる』とか。『たたかう』を選べば攻撃出来る。だけどコマンドにない行動は取れない。『命乞いする』とか『仲間を差し出す』とかは、出来ない。それと同じだよ。私には『嘘を吐く』って選択肢が、そもそもない。だから嘘を吐けない……わ、我ながらふわふわした説明だとは思うけど、なんとなくでも理解して欲しいとしか言えない！」

「……百歩譲ってその話を信じるとして、疑問ですね。嘘が書けない、つまり真実しか書けないというのなら、テストなんて毎回１００点が当たり前なのでは？」

「それは……私はあくまで嘘を吐けないだけで、『真実』しか言えない訳じゃないからね。だから英単語とか、間違って覚えていたとしたら、普通にそのまま書いて不正解になる。ただ、わざと間違えたりは出来ない。つまり偽ることが出来ないってこと」

「では、私があなたに催眠術なりなんなりを掛けて、無理やり書かせる場合なんかは――」

「と、当然嘘を吐けるよ。それは私が書いているんじゃないから。私の意識が介在する場合に限り、私は嘘が吐けないの」

「……はぁ」

女性の味方はぽりぽりと、包丁を持っていない方の手で頭を掻く。

「なんていうか、私も色んな女性の敵を成敗して来ましたけれど、こんなエキセントリックな命乞いをされたのは初めてですよ。しかも咄嗟に考えたにしては、設定が細かいし……ですが海鳥東月さん」そこで女性の味方は、意味深な笑みを浮かべて、「残念ながら、信じることは出来ません。何故ならそれは嘘だからです。あなたの言葉は矛盾しています」

「――!?　え、は、矛盾……？」

「ついさきほど、放課後前の教室で、あなたは奈良芳乃さんと会話していましたね？　そこであなたは彼女に対して、『自分は鉛筆泥棒じゃない』という、100%の嘘を吐いていました。これについてはどう説明しますか？」

「……は？」

女性の味方の言葉に、海鳥は表情を失っていた。「……え？　ど、どういうこと？　どうしてあなたが、私と奈良のさっきの教室でのやり取りについて知っているの？」

「そんなこと、今はどうだっていいでしょう。それより早く釈明してください」

「………??」

海鳥はいよいよ困惑していた。もはや訳が分からない。海鳥の個人情報や、奈良の鉛筆を盗んでいることについては、まだ調べれば分かることなのかもしれないが……教室での会話なんて、その場に居合わせでもしない限り絶対に分かりようのないことの筈だ。まさか海鳥の身体に盗聴器でも仕掛けていたのだろうか？　だとしたら、この少女の方が海鳥よりも、よっぽどストーカーだと思うけれど……。

「……ま、まあいいや。理屈はさっぱり分からないけど、さっきの会話をあなたが知ってくれているっていうなら、むしろ好都合だよ。僥倖と言ってもいいくらい」

「……？」

「流石の私も震えたよ……なんたって私はあの絶体絶命の窮地を、嘘を吐かずに乗り切ったんだからね」

「……何を言っているんですか？」

「ついさっきのことだしさ。あなたも、会話の細かい部分まで憶えているでしょ？　一つ一つ確認していこうよ」

「……はあ」

「まず冒頭だね——奈良が『泥棒に遭った』なんて言い出した時は、本当に何かなくなったんだろうと思ったよ。声がくたびれていたからさ。奈良はよく冗談を言って私をからかうけど、そういうときのあの子はもっと楽しそうにしているから……で、盗まれたのが鉛筆って分かった瞬間にぞっとした。しばらく何も言えなかった。まさかバレた？　だけど冷静になって考えてみれば、私の犯行の筈がなかった。だって鉛筆が『ない』んだから。私がやったのはあくまですり替えであって、窃盗じゃないからね。奈良はあくまで偶発的に鉛筆を失くして、大騒ぎしているだけなんだと、私はそう判断したよ」

「…………」

「今にして思えば迂闊としか言いようがないけどね。たとえ『絶対に違う』って確信があるにしても、『鉛筆』に関する話題が出た時点で、私は警戒を解くべきじゃなかったんだ……だから奈良が全てに気付いていると知った時には、無様を晒したよ」

「……まさかあのとき、あなたがやたらと周囲を気にして挙動不審だったのは」

「うん。奈良の読みは当たっていた。鉛筆泥棒は慎重で臆病、奈良本人に犯行を気付かれていると知れば、まず平静を保てない、必ずボロを出す――犯人を揺さぶるってあの子の狙いは、見事に的中した訳だね」

「……奈良芳乃さんの鉛筆泥棒に対する所見を聞いたあとに、あなたが顔を青くして何やら考え込んでいたのも、そういう理由だ、と言いたいんですね？」

「私にとってものっぴきならない状況だったからね。そりゃあ考え込まずにはいられないよ。当の奈良はそれを、『自分のために親身になって考え込んでくれているだけ』って勘違いしてくれたみたいだったけど」

「……しかしあなたは、決定的に嘘を吐いています。奈良さんに目撃証言を求められたときです。『犯人は知らない』、『鉛筆は見ていない』と答えていました。これは嘘以外の何物でもありません」

「違うよ。『犯人は知らない』じゃなく、『犯人を見ていない』だよ。『鉛筆は見ていない』の方も、『昼休み以降鉛筆は見ていない』が正しいし」

「同じことじゃないですか？」

「だから違うんだよ。私は確かに犯人の正体を知っているけど、見たことはない。犯行を行う私を、私が見ることは、不可能だからね。それから昼休み以降鉛筆を見ていないのも本当だよ。奈良の鉛筆は、私が一時限目の終わりにすり替えてから、誰の目にも触れず、ずっと私の鞄の中にあったんだから」

「………」

「それから私は、最後にこうも言ったね。鉛筆泥棒が目の前に現れたら、ぶっ飛ばしてあげるって。そりゃぶっ飛ばしてあげるよ。私の目の前に、私が現れることがあったらね」

「……うーん」

女性の味方は唸った。実際にそう言っていたのを思い出したのだろう。「……しかし、本当にあなたが嘘を吐けない、本音しか言えないというのなら、一体どうやって日常生活を過ごしているというんですか？　あなたのその疾患は、対人関係においては洒落にならないハンディキャップの筈です。それなのにあなたは、大した軋轢を生じさせることもなく、普通に学園生活を送ることが出来ています。説明がつきません」

「……。うん、確かにね。あなたの言う通り、他人と普通の人間関係を築こうとする上で、これほど不便な体質ってそうはないと思うよ。例えば小中学生の頃なんか、そのせいでクラスメイトから散々嫌われたり、仲間はずれにされたりして、もう散々だったもの……」

そう、不便などというものではない。

絶対に嘘を吐くことが出来ない、というのが実際にどういうことなのか、知りたいなら、試しに一週間でも『嘘を吐かずに』過ごしてみればいい。すぐにその恐ろしさ、生き辛さを嫌というほど実感できることだろう。他人を一切気遣えない、隠し事ができない、思ったままのことしか言えない……そんな人間が、人間関係を上手く構築できる筈がない。

――海鳥さんってさ、いい子だけど、ちょっと空気読めないところあるよね。

――分かる～。場の雰囲気とかぜんぜん考えてくれないよね、あの子。

――皆で『この動画面白いよね！』って話しているときでも、海鳥さんに感想聞いたら、『ごめん、私それよく分からないかも……』とか平気で答えてくるし。

――ちょっと誰かの悪口で盛り上がっているときでも、『ごめん、私そういうのあんまり好きじゃないから……』とか言って、ぜんぜん話に入ってこないし。

――せめてもうちょっと角の立たない言い方すればいいのにさ。

――馬鹿正直っていうか……普通にちょっとウザイよね、あの子。

そんな風に海鳥は周囲から疎んじられ、集団から爪はじきにされるようにして生きてきたのだった。一人ぼっちでいても、誰かに気遣ってもらえることはない。そもそも海鳥自身、他人と合わせられないのが排斥の原因なのだから、誰も彼女を可哀想だとは思わない。

「だから私は、集団で上手くやっていくための『処世術』を身に付けたんだよ……」

「『処世術』？」

「確かに私は嘘が吐けないよ。それは世間一般では美徳とされていることだけど、実際のところは害でしかない。普通の人が私と付き合ったら、きっとすぐに私のことを大嫌いになる。イライラして、会話する気も起きなくなる……だから私は、嫌われないために、普通に他人と接しないことにしたんだ」

「……要するに、どういうことですか？」

「『ある一定値』を越えて仲の良い相手、つまり、『友達』を作らないってことだよ。他人と仲良くはしても、絶対に『深い関係』にはならない。だって、自分にとってどうでもいい人間を、わざわざ嫌いになる相手なんていないからさ」

「…………はあ？」

と、女性の味方は驚いたような表情で、海鳥を見つめていた。

「友達を作らないって、では今のあなたには一人も友達がいないと？」

「うん、そうだよ。そう言ってるでしょ？」

「……奈良芳乃さんのことも、あなたは友達と思っていないと？」

「…………」

海鳥は言われて——やり切れないような、切なげな笑みを浮かべた。

「奈良とはね、仲良しだよ。大の仲良し。これまでの人生で、こんなに他人と仲良くなったことはないってくらい……だけどまあ、『友達』ではないかな。あくまでも、『ある一定値』の、ギリギリ下の関係でしかないよ。教室ではよく話すけど、放課後や休日一緒に出掛けたり、下の名前で呼び合ったりするような間柄でもないしね。

少なくとも私は、あの子を友達だと思ったことは一度もないよ。だって、友達の鉛筆なんて、私は盗まないもの」

「…………」

「だから私は、奈良の鉛筆さえ食べられるなら、それだけで満足なんだよ……」

海鳥は静かな声音で語る。「どれだけ一人ぼっちで寂しくても、息苦しくても、そういう『息抜き』の時間があるなら、私は我慢できるから。その人自身と接するより、その人の『指紋』とだけ接していた方が、余計な気を遣わなくて、楽でいいから……」

「……病んでいますね」

女性の味方は諭すように言う。

「あなた、とても病んでいますよ」

「知ってるよ。正直者が病んでないわけないんだから」

「……ええ、よく分かりました」

と、女性の味方は、なにやら納得したように頷いていた。そして包丁を、海鳥の首筋から離して、「なるほど、あなたは本当に嘘が吐けないのでしょうね。信じましょう。それほどまでに、あなたの話は真に迫っていました」

「……え？」

女性の味方の言葉に、海鳥はぽかんと口を開けて固まる。「……え？　あの……し、信じてくれたの？」

「はい」

「——！　じゃ、じゃあ、見逃してくれるの!?」

「いいえ」

女性の味方は微笑んで言う。「やはりあなたには、ここで死んでもらいます」

「……え？」

「すぐに楽にしてあげますから、ご心配なく」

「え、えええええ!?　いや、あの……」海鳥は震えながら尋ねる。「し、信じてくれたんじゃないの？」

「はい、信じました。だからこそです。あなたは危険です。今はまだ、殺すほどではなくても――いずれそうなる。今の内に、その芽を摘み取っておかなくてはいけません」

　女性の味方は表情を完全に消し、包丁を振りかぶる。海鳥は声にならない悲鳴を上げた――殺される。なんとか助けて貰おうとして、沢山喋って、目論見が成功したにも拘わらず、殺されてしまうのだ。もし自分が死んだら、あの冷蔵庫の中身はどうなるのだろう？奈良が全てを知ったら、絶句するだろうか？　――死にたくない死にたくない死にたくない！　死にたくない！　死にたくない！

　頭の中を『死にたくない』だけが支配した瞬間、海鳥は自らの脳をフル回転させ、思考を始めていた。死にたくないなら立ち向かうしかない。相手は自分よりも小柄だ。普通に取っ組み合いをすれば恐らく負けないだろう。問題は包丁だ。取っ組み合う前にあれで刺されてしまえば一巻の終わりだ。だから怯ませる必要がある。どうやって？　この異常者をどうやって怯ませる？　海鳥の自力ではまず不可能だろう。であれば……環境を利用する？　地の利を活かすというのはどうだ？　ここは海鳥の部屋だ。海鳥が毎日使うトイレだ。いかに女性の味方と言えど、トイレの中までは調べていない筈。何が使える？　何を使えば、この絶体絶命の窮地を切り抜けられる？

　――そうだ！

　海鳥は考え終わると同時に、行動を開始する――座っていた便座から転げ落ちる。

「――!?　な、何を!?」

驚く女性の味方に、海鳥は不敵な笑みを向ける。そして床に転がったまま、右手の人差し指で、ウォシュレットのスイッチを押し込んでいた。

「喰らえっ！　このトイレのウォシュレットの水圧は最大だぁぁっ！」

海鳥自身、試したことはなかったが、女性の味方が立っている場所くらいまでなら水が届く筈だった。そして女性の味方が怯んだ隙に、体当たりして組み伏せる。それから包丁を奪ってしまえば、こちらのもの――という算段である。

「……………あ、あれ？」

しかし果たして、水は出なかった。

海鳥は知る由もないことだったが、ウォシュレットには人が座っているかどうか確認するセンサーが付けられているのだ。人が座っていない時は、スイッチを押しても水は出ない。

「…………」

気の毒そうな目で、女性の味方は海鳥を見つめていた。海鳥は真っ青になる。もう何も考えられない。

「く、くそぉぉぉぉぉ！」

叫びながら、喚きながら、海鳥は半狂乱で女性の味方に突進する。包丁のことなど見えてすらいない。目を血走らせた彼女には、もはや何も見えない。

目前に包丁の切っ先が迫っていようと、彼女は止まらない。

「――っ!?」

女性の味方が慌てて、包丁を手放さなければ――海鳥の身体の何処かには刺さっていただろう。

そして包丁を手放した女性の味方は、驚くほどあっさりと、海鳥の体当たりを喰らってしまう。女子とはいえ、１７０㎝××kgの全力の体当たりである。女性の味方はドアに叩きつけられ、そのまま床に倒れ込んでいた。

「うわぁぁぁぁっ！　うわぁぁぁぁっ！」

海鳥は尚も動きを止めない。女性の味方の小柄な体躯に馬乗りになり、彼女の手から包丁を奪い取ろうとする――そこで彼女が、既に包丁を持っていないことに気付く。体当たりの衝撃で落としたのだろうと、海鳥は考え、辺りを見渡す。果たして包丁は、ちょうど海鳥の手の届くところに転がっていた。彼女は慌ててそれを拾い、やっと一息ついてから……股下で寝そべる少女を睨み付けていた。

「はぁっ……はぁっ……」

海鳥は息を切らせながら、包丁を構える。「散々、好き勝手やってくれたね、女性の味方さん。こんな簡単に形勢がひっくり返るなら、最初からこうすればよかったよ。命乞いする必要なんて全くなかった……それで今度は、あなたが命乞いする番だ」

海鳥（うみどり）は極度の興奮状態にある。頭に血が上り、今にも包丁を振り下ろしかねない。それでもかろうじて思（おも）い止（とど）まっているのは、相手が自分よりも年下の少女だから、だろうか？

「まあでも、命乞いなんてしないよね？　だってあなたは、女性の味方なんだもんね？　まさか自分の敵に向かって、『助けて下さい』なんて言える訳がないよ。誇りを捨てるくらいなら死を選ぶ、あなたはそういう人間なんだから」

煽（あお）るように海鳥は言うが、しかし挑発が目的なのではない。海鳥自身、『このままでは相手を刺してしまう自分』に気付いていた。だから少しでも会話をすることで、頭を冷やそうとしているのだ。

一方で、女性の味方は――

「ちょ、ちょちょちょちょっ、ちょっと待ってちょっと待って！　ちょっと待ってください！　ごめんなさい私が悪かったです！　やめてください！」

「…………え？」

全力の命乞いだった。

「こ、殺すとか言われて熱くなっちゃったんですか？　やだなぁ、ジョークじゃないですか！　可愛（かわい）い女の子の可愛い冗談ですよ！　そんなに目くじら立てることもないでしょ？　えへへ、えへへ…………」

「…………は？」

「……あ、あの、取り敢えず上からどいてもらえませんか？　ちょっと重いっていうか、怖いっていうか…………い、いえなんでもないです、変なこと言ってすいません。だから、その、せめて包丁だけは下ろして欲しいかなって……」

少女の口調は、先ほどまでと打って変わって、抑揚が激しい。よく言えば明るい、悪く言えば頭の悪そうな喋り方である。

「……その、一応確認なんですけど。まさか、まさか海鳥さんがそんなことするとは思ってないんですけど…………痛いこととか、しませんよね？　その包丁で、痛いこととか、しませんよね？　ね？　…………えへへ、私痛いの、嫌だから」

「…………」

「……ご、ごめんなさい！　ごめんなさいごめんなさい！　ゆ、許してください！　今までのこと全部謝ります！　だから許して！　刺さないでぇ！」

——なんだこれは？　海鳥は眩暈がしてくる思いだった。

「……ちょ、ちょっと待ってよ。あなた、女性の味方なんでしょ？　今まで何人もの女性の敵を葬ってきて、今も私を殺そうとしたわけだよね？　それが、いざ自分がピンチになった途端に、変わり身早すぎない？」

「……か、変わり身なんてしていませんよ。だって私、そ、そもそも女性の、味方じゃ、ないんで、すから」

「…………は？」

「じょ、女性の味方なんて、そんな人は、この世のどこにもいないんです。私がでっちあげたんです。て、適当に考えたキャラ設定だから、細部に矛盾とかあったと思いますけど、むしろ話の辻褄(つじつま)とかほどよく合わない方が、よりホンモノっぽくていいかなって」

「…………⁉」

少女が何を言っているのか、海鳥(うみどり)にはよく分からない。「…………女性の味方じゃないのなら、あなたは一体誰なの？」

「わ、私ですか？　私は——」

引きつった笑みを浮かべつつ、少女は答える。

「——私は、でたらめちゃん。でたらめちゃんって言います」

「……？」

「でたらめちゃん。ちゃんまで含めて名前です。平仮名七文字きっかりで、でたらめちゃんです」

「……なんて？」

外国人？　と海鳥は一瞬考える——いや平仮名七文字とか言っているし。でたらめちゃん？　どこから苗字(みょうじ)でどこから名前？　キラキラしているってレベルじゃないけれど。

「でたらめちゃんは嘘しか吐けない。だから海鳥さんを殺すつもりというのは嘘(うそ)だし、女性の味方というのも嘘です。私は嘘しか吐けないんです。嘘しか吐けないでたらめちゃんです」

「…………なにそれ？　ふざけてるの？」

海鳥は苛立ったように言い、少女の眼前で包丁を振りかざしてみせた。

「きゃ、きゃあぁぁぁ!?　な、何恐ろしいことするんですか!?　やめて下さい！」

「じゃあふざけないで、ちゃんと本名を教えなさい。日本人で、そんなとんちんかんな名前の人がいる筈ないでしょう？」

「……い、いや、そんなこと言われても。私、これが本名なのでぇ」

少女――自称・でたらめちゃんは怯えを目に浮かべながら、尚もそんな言葉を返してくる。本気で言っているのか、やはりふざけているのか……海鳥には後者としか思えないのだが、よくよく考えてみれば、今は本名などさして重要でもなかった。とりあえず呼ぶ名前さえあればいいのだ。確認すべきことは、他にある。

「じゃあ、まあ……でたらめちゃんだっけ？　あなたが女性の味方じゃないんだとしたら、今まで何人もの人間を葬って来たっていうのも、嘘なの？」

「は、はい！　嘘です！　人殺しなんて、そんな恐ろしい真似出来ません！」

「……私を殺すっていうのも？」

「嘘です！　嘘八百です！」

「………」元気よく叫んでくるでたらめちゃんに、海鳥(うみどり)は言葉を失う。信じられない思いだった。あれほどまでに自分を怯(おび)えさせた少女が、あからさまに媚(こ)びたような笑みでこちらを見上げて来ている。先ほどまでの言動は、全て嘘(うそ)なのだと言う。ふざけるなという思いが、海鳥の中でふつふつと湧き上がった。冗談じゃない。こっちは目の前で包丁を振り回されて、危うく腰を抜かすところだったというのに。

「……意味が分からないよ。なんでそんな嘘吐(つ)くの？　いきなり人の部屋に押し入ってきて、本物の包丁で『殺す』なんて言って脅かすなんて、子供の悪戯(いたずら)のレベルを超えてるよ。っていうかそもそも、女性の味方として私を成敗しに来たんじゃないのなら、あなたは一体何をしにここに来たの？　目的はなに？」

「……『テスト』ですよ」

「え？」

「『海鳥東月(とうげつ)は嘘を吐けない』。私はそれを知っていました。そして、それが本当なのか確かめるために、今日この部屋を訪ねたんです」

いつの間にかでたらめちゃんは、なにやら意味深な表情を浮かべて、海鳥を見上げて来ていた。「より正確に言えば、嘘を吐けない海鳥東月という人間が、果たしてこの私の『パートナー』たり得るのかどうか、『テスト』しに来たんですけどね」

「……『テスト』？　『パートナー』？　何の話？」

「つまり、さっきまでの私のでたらめな言動はすべて、海鳥さんをわざと動揺させて、その『本質』を暴き出すための演技だった、というわけですよ……そして実際に、その試みは成功しました。やはりあなたは、私の『パートナー』に適格な人物のようです。単刀直入に言います——海鳥さん。私と一緒に、嘘を殺してくれませんか？」

海鳥の方を真っ直ぐに見据えたまま、でたらめちゃんは朗々と告げてくるのだった。

「………。は？　なんて？」

しばしの沈黙のあと、海鳥は眉をひそめて、

「嘘を、殺す……？　なにそれ？　どういう意味？」

「そのままの意味ですよ。嘘を吐けない海鳥東月と、嘘しか吐かないでたらめちゃん、この二人でタッグを組んで、この世に蔓延る邪悪な嘘どもを根こそぎやっつけてしまおうというお話です」

「…………？」

「今はまだ、その自覚がないかもしれませんが……海鳥さん、あなたには、類稀な〈嘘殺し〉の才能があります。その力を、私にお貸しいただきたいのです」

「…………いやだから、意味がぜんぜん分からないんだけど」

まるで要領を得ないでたらめちゃんの話に、海鳥は困惑の息を漏らす。まさかこの期に及んでまた訳の分からないことを宣って、海鳥を煙に巻こうとでもしているのだろうか？

「……はあ、もういいよ。これ以上あなたの与太話に付き合っていても埒が明かなそうだし。とりあえず、警察は呼ばせてもらうからね」

「……え？　警察？　なんでですか？」

「当たり前でしょ。今回あなたがやったことは、子供の悪戯じゃすまされない、完全な犯罪行為なんだから。ちゃんと捕まって、ちゃんと怒られなさい。学校の先生や、それから保護者の方にもね」

「………………」

諭すような海鳥の言葉に、でためちゃんは困ったような顔をして、「……いや、海鳥さん。大変申し上げにくいんですけど、警察とか呼んでも時間の無駄だと思いますよ？　私はなんていうか、そういう国家権力みたいなものが有効な存在ではないので……」

「……はあ？　なに言ってるの？　そんなわけないでしょ？　言っとくけど、今さらしおらしく謝ったって私は許してあげないからね」

まるで取りつく島もなく、スカートのポケットからスマートフォンを取り出して、画面を操作し始める海鳥。そんな彼女を、でたらめちゃんは何やら歯がゆそうな顔で見上げていたが……やがて意を決したように、唇を噛み締めて、

「……致し方ないですね。痛いのは、出来れば避けたいところなんですけど」

「……？」

「海鳥さん。その包丁で、今すぐに私を刺してください」

「………………は？」

その突拍子もない物言いに、海鳥は思わずスマートフォンを床に落としてしまっていた。

「どうか、ひと思いにお願いします。手首のあたりをちょっと切りつけるくらいでいいんですけど……これが一番、海鳥さんに理解してもらいやすい方法だと思うので」

「………………え？　いや、やらないけど、え？」

海鳥は困惑したように、でたらめちゃんを見つめ返す。いきなり何を言い出すのだろう？　まさか海鳥を傷害犯に仕立て上げて、今回の事件を有耶無耶にしようとでも？　そんな滅茶苦茶な……。

「そうですか。やっていただけませんか……ならば、かくなる上は！」

「――わっ!?　な、何するの！」

海鳥の悲鳴が上がる。何を思ったのか、でたらめちゃんが無理やり身体を起こして、海鳥に掴みかかってきたのだ。

「暴れないでください！　下手に動くと怪我をしますよ！」

「……っ！　そ、それはこっちの台詞だよ！　あなたまさか、こんな力技でここから逃げ出そうとでも……!?」

「違います！　いいから大人しくしてください！」

「で、できるわけないでしょ！　このっ、このっ……！」

……。……。そうしてしばらくの間、両者の間で揉みあい、へし合いが続いた結果――

「――ぎゃっ⁉」

――ふとした拍子に、でたらめちゃんの腹部めがけて、海鳥の持つ包丁が深々と突き刺さってしまっていた。

「……う、い、痛い……」

「……⁉　きゃぁぁぁぁぁ⁉」

海鳥は包丁から手を離し、悲鳴を上げる。でたらめちゃんの腹部からは、どくどくと、大量の血液が流れ出て来ている。

「……お、お腹は予想外……予想外に痛い……」

「い、いやあああ⁉　ちょっ、救急車！　救急車呼ばないと！」

ぐるぐると目を回しながら、その場にへたり込んでしまった海鳥に、でたらめちゃんは引きつった笑みを浮かべて、

「……だ、大丈夫です。痛い、だけなんで」

「……ば、馬鹿言わないでよ。大丈夫な訳ないでしょ？」

「…………いいえ、大丈夫ですよ。だって、ほら」

でたらめちゃんは腹部に刺さった包丁をぐっと握りしめ、ひと思いに引き抜いていた。

大量の返り血が海鳥に降りかかる。それでなくても、床の上は既に真っ赤に染まっている。

鮮血に海鳥は思わず顔を覆い――そして腕の隙間から、信じられない光景を目撃した。

――血液が、逆流していく。

でたらめちゃんの腹部からあふれ出した大量の鮮血が、まるで時間を巻き戻すように、彼女の体内へと戻っていくのだ。床から赤い染みが消える。海鳥の身体（からだ）を真っ赤に染めていた返り血さえも、たちまちの内に剥（は）がれ落（お）ちてしまっていた。

「……え？　え？」

「――この通り」

そうして『元通り』になったでたらめちゃんは、今度こそ完璧な笑みを浮かべて言うのだった。「私は人間じゃないのです。人間の世界の常識なんて、私には一つも通用しません。だから警察とか呼ばれても、意味ないですね」

「………」

いよいよ海鳥は、腰を抜かして動けなくなった。

2　でたらめちゃんは語る

「嘘。

「嘘について語りましょう。

「嘘の正体について語りましょう。

「嘘はいきものです。

「人間が言葉として、道具として用いている嘘には、生命があります。

「ミミズやオケラやアメンボと同じように、生きているのです。と言っても、その構造は他の生物とは、大分異なっていますけどね。

「まず、嘘には肉体がありません。

「自我がありません。

「死がありません――肉体がありませんからね。肉体がないということは、老いることがないということ。傷を負うこともないということ。『不死身』です。

「例えば、ウイルスのようなものだと考えてください。嘘は空気中に、今この瞬間もうようよと浮かんでいますが、その姿を観測することは人間には出来ません。なにせ肉体がないわけですから。

「そして人間は、空気中にうようよと浮かぶそれを、無意識の内に吸い込むことで、嘘を吐く能力を得ています。さながら息をするように、嘘を吐いているという訳です。

「これは裏を返せば、人間には本来、嘘を吐く機能が備わっていない、ということになります。

「あなたたち人間にしてみれば、嘘とは自分の意志で、自分の力で吐くものなのでしょうけど……本当の所は違うのです。

「本当なら、人間は嘘を吐けないのです。

「実際、今でこそ自らの手足のように嘘を使いこなしている人間ですが、遥か大昔、文明すら存在しないような原始の時代においては、そうではありませんでした。

「人間は、嘘を吐けませんでした。

「嘘を吐けない人間なんて、飛べない鳥、泳げない魚と同じです。当然のように、他の生物から容赦のない蹂躙を受けたことでしょう。人類にとって、まさに冬の時代です。

「冬を終わらせたのは、春をもたらしたのは、一つの出会いでした。

「人間は、『嘘』と出会ったのです。人類の繁栄はそこから始まりました。

「そもそも人間の強さとは、火を起こせることでも道具を使えることでもありません。社会を形成できることです。

「人間以外の動物たちは群れることは出来ても、種族全体で団結することは出来ません。

地球ぐるみで仲良くしている生物なんて、人間くらいのものです。

「そして、それを成り立たせているのは嘘（うそ）です。嘘がなければ人間社会は成立しません。誰も彼もがありのままの本音をぶつけあっていたら、纏（まと）まりは生まれません。

「仮にこの瞬間、世界から嘘が消えてしまったら、と考えてみてください――ね？　恐ろしいでしょう？　すぐにでも戦争とか起こっちゃいそうでしょう？

「人間の繁栄は社会体制に依存していて、社会体制は嘘に依存している。つまり人間は、嘘に依存しています。

「――そして嘘もまた、人間に依存しているのです。

「嘘には形がありません。何も有していません。

「しかしたった一つだけ、『本能』があります。

「『吐（つ）かれたい』、という『本能』です。

「嘘はそのためだけに生きています。何者かに吐かれることを、無上の存在理由としています。

「……いいえ、『吐かれること』と言うより、『吐かれることで、この世界に対して何らかの変化をもたらすこと』と表現した方が、より適切でしょうか？

「いまいちピンと来ませんか？

「では、具体例を挙げましょう――ある子供が、どうしても学校に登校したくなくて、仮病を使って欠席することを試みたとします。

「その場合、仮病が親に信じられれば、学校を休むことが出来ますし、逆に仮病だとバレてしまえば、否応なく学校に行かざるを得なくなります。

「つまり仮病という嘘が信じられた結果と、信じられなかった結果、二通りの結果が想定されるわけです。

「そのいずれかの結果こそが、嘘のもたらした『変化』です。

「その子供が、もしも嘘を吐けなかったとしたら、仮病という選択肢は選べません。どれだけ億劫だろうと、素直に登校するしかなくなるでしょう。

「そんな『素直に登校する』という当たり前の結果に、嘘は干渉した。結果、子供は学校を休むチャンスを得た。

「さっきも言った通り、人間には本来嘘が吐けません。ですから、仮病を使ったことによる結果は、人間が嘘を吐いたから引き起こされたものではなく、嘘が人間に吐かれたからこそ引き起こされたものだ、と言い換えることも出来ます。

「――とはいえ、この例えだとあまりにスケールが小さすぎて、やはりピンとこないかもしれませんね。それではもう少し話を大きくして、経済で考えてみましょうか。

「経済、あれは嘘です。お金なんていうものはそもそもこの世に実在していません。一万円札だろうと一ドル札だろうと、あんなお腹も満たせない、寒さや雨風を凌ぐことも出来ないような『ただの紙切れ』を有難がる生物なんて、人間くらいのものでしょう。

「しかし現実には、貨幣は人間の社会において、大変に価値のある物体として扱われています。衣・食・住に何ら関わりのない『ただの紙切れ』が、不思議なことに、あらゆる衣・食・住を手に入れるための『万能の引換券』に化けてしまうわけです。

「何故そんな奇妙な現象が起こるのかと言えば、それは貨幣には価値があるという嘘を、あなたたち人間が地球ぐるみで信じているから。

「つまり人間社会を支えている『経済』というシステムは、すべて『貨幣』という『嘘』によって成り立っている、ということになります。

「これも嘘による結果です。嘘による変化です。

「そして、このような変化を世界にもたらすことこそ、嘘の本能なのです。

「……ちなみに、『なぜそんな本能があるのか？』なんて訊かれても、『そういうものだから』としか答えられませんよ？　あなたたち人間が、『なぜ子孫を残そうとするのか？』という問いに、突き詰めた答えを見つけることができないのと同じ理由でね。

「……いい加減前置きも長くなりましたね。

「ここから本題です。

「いよいよ肝心の、〈嘘殺し〉についての話を始めます。

「繰り返しになりますが、嘘には本来、自我も肉体もありません。ただ空気中を延々と彷徨い、人間に吸い込まれては吐き出されるというサイクルを繰り返すだけの、あやふやな存在です。

「ただ、何事にも『例外』は存在するもの。

「人間に吐かれた後の――形があって、姿を観測することもできる嘘。

「嘘がその状態にまで辿り着くことを、私は〈実現〉と呼んでいます。

「〈実現〉した嘘は、自我と肉体を有しています。人間と同じように物を考えることが出来るし、直接的に世界へ干渉することも出来ます。

「要するに『化け物』だと考えてもらって差し支えないです。

「……ちなみに、ここまで説明してきたんですから、もう海鳥さんもお気づきですよね？

「ええ、そうです。この私でたらめちゃんもまた、その〈実現〉した嘘の一匹なのです。

「少女の姿を模した、嘘の寄せ集め、嘘しか吐けないでたらめちゃん――嘘が嘘を吐くだなんて、奇妙な話ではありますけれど。

「もっと奇妙なのは、私は嘘でありながら、〈嘘殺し〉を生業にしているということです。

「自分と同じ〈実現〉した嘘を、私は今日まで殺して、殺して、殺し続けてきました。

「そして今日――あなたに私の〈嘘殺し〉を手伝ってほしくて、この部屋を訪れたというわけなのです、海鳥東月さん。

「さて。とりあえずざっくりと説明させてもらいましたけど……ここまでの話の中で、何か質問したいことなどはありますか？」

「…………………は？」

その気の抜けた一声が、でたらめちゃんの洪水のようなスピーチを聞き終えた直後の、海鳥の第一声だった。

「……はあ？　なんですかその生返事？　私の今までの話、ちゃんと聞いていました？」

トイレの便座にちょこんと腰を下ろしたでたらめちゃんは、そんな海鳥の反応を受けて、不満そうに頬を膨らませる。

「ちょっと、困りますよ、海鳥さん。人が時間を割いて説明しているんですから、ちゃんと聞いておいてもらわないと。まさかあんまり話が長いからって、奈良芳乃さんの裸体の妄想にでも耽っていたんですか？　まったく、これだから変態は始末に負えません！」

「…………いや、耽ってないけど」

対して海鳥は、床に座り込んだまま、でたらめちゃんを見上げるようにして言葉を返す。

先ほどまでと同じ、ここはトイレの個室内である。その窮屈極まりない空間の中で、海鳥とでたらめちゃんの二人は、向かい合うように座っている。本来なら場所を移動するべきなのだろうが、海鳥が腰を抜かしてしまっているせいで、それが叶わないのだ。

「……困るって、それはこっちの台詞だよ。そんな意味不明なことをいっぺんに捲し立てられて、理解が追い付く筈ないでしょ？」

「ほう、意味不明ですか。具体的に、私の説明のどの部分がお分かりにならなかったと？」

「な、何もかもだよ。あなたの言っていることも、あなたの存在そのものについても、私はさっぱり訳が分からないんだから」

吐き捨てるように海鳥は言う。分かりやすく取り乱してこそいないとはいえ、その表情には、隠し切れないほどの憔悴の色が滲み出ていた。

「……ねえ、本当にお腹の方はなんともないの？」

憔悴の原因は言うまでもなく、先ほどの包丁の一件である。海鳥の手には、でたらめちゃんの柔らかい腹部に包丁を突き立てる感触が、今もはっきりと残っていた。目の前に飛び散る血しぶき、強烈な血なまぐささ、なにもかも紛れもない現実の出来事だった筈だ……が、当のでたらめちゃんは、

「ええ、もちろん大丈夫ですよ。肉体は完全に再生させましたから、傷跡なんて一つも残っていません。この通り、元気いっぱいです」

そう溌剌と言いながら、自分でシャツを捲って、その腹部を海鳥に晒してくる。そこには本人の言葉通り、包丁で刺された痕跡など欠片も残っていなかった。まるで、さっき海鳥が目にした光景も、その手で味わった感触も、すべて嘘だった、と言わんばかりに。

「…………っ！」そんなでたらめちゃんのすべすべのお腹を凝視しながら、海鳥は表情を引きつらせる。どれだけ有り得ないことだと頭で思っていても、こうして目に見える証拠を突き付けられると、納得せざるを得なかった。この少女は本当に一瞬の内に、自らの身体の傷を完璧に治癒してみせたのだ、と。

「……あんな奇跡まで見せたのに、まだ受け入れられませんか、海鳥さん？　私があなたたちと同じ人間ではなく、『不死身』の嘘である、ということを」

「…………っ〰〰！　あ、当たり前でしょ！　そんな滅茶苦茶なことを言われて、すぐに『はい、そうですか』って受け入れられる方がどうかしてるよっ！」

ぶんっ、ぶんっ、と、目の前の現実への理解を拒むかのように、自らの頭を何度も振り回す海鳥。

「だ、大体、『嘘は生き物』って、なにそれ!?　う、嘘が生き物な筈ないでしょ!?」

「そうは言っても海鳥さん。私がただの人間であるのなら、さっきみたいに傷を治すのは不可能だと思いますよ」

そんな海鳥に対して、でたらめちゃんはあくまで冷静な声音で、諭すように言葉をかけてくる。「それだけではありません。これまでに起こった諸々の不可思議な点についても、私が普通の人間でないと仮定すれば、一応は説明がつけられます」

「……ふ、不可思議な点？」

「鉛筆泥棒の件、海鳥さんの個人情報、それから海鳥さんと奈良さんが放課後の教室で交わしていた会話の中身。このような、通常の手段ではまず知ることの出来ないような情報についても——私が『人ならざる存在』であったなら、知っていても何も不思議はないでしょう。なにせ、『人ならざる手段』を用いることが出来るわけですから」

悪戯っぽく言いながら、でたらめちゃんは捲っていたシャツを元に戻して、

「嘘は生き物、そして私は嘘なんですよ、海鳥さん。いい加減に受け入れてください。というか、さっき海鳥さん自身の目で『有り得ない光景』を見たばかりなんですから、信じる以外の選択肢なんて、そもそもない筈でしょう？」

「…………っ！　それは、そうかもしれないけど……っ！」

「……まあ、分かりますけどね。未だ理解が追い付かないという、海鳥さんのお気持ちは。人間が普通に生きていて、私のような存在と出会うことなんて、まずないでしょうから」

でたらめちゃんは、ひとりでに納得したように頷いてみせて、

「そもそも嘘の〈実現〉というのは、そう滅多に起こることではありません。当たり前です。あなたたち人間に毎日のように吐かれる嘘が、いちいちそんな風に実体化していたら、この世界はもっと滅茶苦茶になっているでしょうからね。

ある『条件』をクリアしなければ、嘘は〈実現〉を遂げられないのです」

「……ある『条件』？」

「ええ、その『条件』とは──」でためちゃんは、人差し指を一本立ててみせて、「たった一つだけです。ずばりその嘘に、『これが本当であってほしい』という、強烈な想いが込められているかどうか」

「………『これが本当であってほしい』？」

「ええ。人間は嘘を吐くとき、必ず『この嘘が本当であってくれたら』と思っています。どんな嘘だろうと、それは不変です。

例えば仮病少年にしても、本当に病気になれたなら嘘なんて吐かず、堂々と学校を休むことが出来るわけでしょう？　嘘とは基本的にバレるリスクを伴うもの、そしてバレてはいけないものです。誰も好き好んで、そんなものを吐きたいとは思いません。もしも真実だけを話して暮らしていけるのなら、そんなに楽なことはないと誰しも考えることでしょうね」

「……そうなの？」

不思議そうに海鳥は呟く。元々からして嘘を吐けない彼女にとって、それはいまいちイメージのしづらい感覚である。

「そして、その想いの丈こそが、どういうわけか嘘を〈実現〉させるエネルギー源になってしまうのですよ。『これが本当になってほしい』が一定値を超えた場合に、嘘は〈実現〉を遂げるのです」

と、そこででたらめちゃんは大きく息を吸い込んで、

「――そして、いざ嘘が〈実現〉してしまえば、一体何が起こるのか？　それについても、まだ説明できていませんでしたね」

「……え？」

「勿体ぶっていても仕方ないので、結論から述べましょう――〈実現〉した嘘は、『本当』になろうとします」

「…………？」海鳥は眉をひそめて、「『本当』になろうとする？　どういうこと？」

「要するに、その嘘を吐いた人間の願いを、現実に叶えてしまう、ということですよ。例えば、『自分は病気だから学校に行かなくてもいい』という嘘を吐いた子供を、嘘は本当に病気にしてしまいます。『自分は不老不死だ』と嘘を吐いた者を、本当に不老不死にしてしまいます。『世界は今日中に滅亡する』と誰かが嘘を吐いたなら、本当にその日の内に、世界を滅ぼしてしまうのです」

「…………はあ？」

海鳥はいっそう表情を険しくさせる。『なに言っているんだこいつ？』と顔に書いてあるようだった。

「……な、なにそれ？　たかが嘘を吐いたくらいで、そんなことあるわけなくない？」

「いいえ、あるわけあるのです。それが〈実現〉した嘘の恐ろしい所なのですよ。どんな

荒唐無稽に思えることでも、嘘は例外なく本当に変えてしまいます。世界を『ねつ造』させてしまいます。たった一人の嘘吐きのせいで、本当に地球だって滅びかねません。そんな馬鹿みたいなことを本気で願える人間がいたら、の話ですけど」

「で、でも私、これでも十六年生きてきたけど、そんな天変地異みたいな出来事に出くわしたことなんて、一回もないんだけど？」

「それがそうとも言い切れないんですよ、海鳥さん。『世界が滅ぶ』はないにしても——例えば『乗り物が空を飛ぶ』なんかは、十分に吐かれ得る嘘でしょうからね」

「……どういうこと？」

「飛行機ですよ。飛行機は、人類の努力と叡智によって発明されたものとされていますけれど、果たして本当に、飛行機を空に浮かべたのは人間だったのでしょうか？

本来なら、鉄の塊が空を飛ぶなんて物理的に有り得ない筈だったのに……どこかの誰かが『鉄の塊は空を飛べる』という嘘を吐いて、それで物理法則そのものが丸々書き換わっただけなのだとしたら、どうします？」

「……物理法則が書き換わる？　な、なにを言ってるの？　飛行機が空を飛べるのは、確か、翼で空気の流れが下向きに曲げられて、揚力が発生するからで——」

「ですから、そのもっともらしい理屈こそ真っ赤な嘘なのかもしれない、と言っているんです。百年ほど前、初めて飛行機が空を飛んだとされている時代に、どこかの誰かによって吐かれた、ね」

「……まさか。そんな滅茶苦茶、有り得るわけ――」

「あるいはその嘘は、百年前と言わず、つい昨日吐かれたものなのかもしれません」

「……は？」

「一昨日まで飛行機なんてものはこの世に存在しなかった、という可能性もあるのですよ」

「………⁇」

「いいですか？　仮に昨日、そういう嘘が本当に吐かれたとしましょう。嘘は〈実現〉を遂げ、世界を書き換えてしまいました。けれど世界が書き換えられた事実については、誰にも知覚出来ません。飛行機はずっと昔から、空を飛んでいたことになります。それに関連する様々な事象も、まるごとすり替えられ、二度と覆りません。誰も嘘のせいで世界がねつ造されたなんて、考えもしないでしょう」

「……世界がねつ造される？　ただ嘘を吐いただけで？」

「もちろん、これはあくまでたとえ話です。飛行機が人間の手によって産み出されたまっとうな発明品なのか、それとも嘘の力によるでっちあげの代物なのかなんて、私には分かりません。ただ、嘘には『そういうこと』も出来るのだということだけ、理解しておいてください。

海鳥さんが当たり前と思っている常識は、昨日誰かの嘘で書き換えられたものなのかもしれません。あるいは明日、また別の誰かの嘘で書き換えられてしまうかもしれません。どうです？　そう考えたら、堪らなく恐ろしくなってくるでしょう？」

「…………」

確かに恐ろしい、と海鳥は思った（でたらめちゃんの言っていることが、全て真実だと仮定するなら、だが）。そんなものはもう、神の力だ。個人の都合で世界の法則まで書き換えてしまうなんて、明らかに人智を超越している。

「さて、ではそんな恐ろしい嘘を、一体どうやってやっつければいいのでしょうか？　何度も言うように嘘とは不死身の存在ですから、仕留めるためには当然、それ相応の手段を取る必要があります——と言っても、何も難しいことはありません。

どれだけ嘘が強力だろうと、要するに、そのエネルギー供給源さえ絶ってしまえばいいのです。そうすれば必然的に、嘘は〈実現〉を維持することが出来なくなりますからね。あくまで狙うべきは嘘本体ではなく、その嘘を吐いた人間、ということです。私は彼らのことを、嘘に取り憑かれた人間、〈嘘憑き〉なんて呼んでいますけども」

「……〈嘘憑き〉」

咀嚼するように、海鳥はその言葉を反芻する。響きはともかく、字面の方はまったく馴染みのない単語である。

「ちなみに——〈嘘憑き〉になりやすい人間というのにも、やはり共通点がありまして、それはとにかく頭がおかしいというものなんですけど」

「とにかく頭がおかしい？」

「はい。それほど世界の形を変えたいと願うということは、即ち今の世界の形を窮屈だと感じている、社会にとっての『不適合者』である、ということですからね。そりゃあ『まとも』である筈がありませんよ。私もこれまで、それなりの数の〈嘘憑き〉を相手取ってきたものですが、まあ誰も彼も、ぶっ飛んだ人格の持ち主ばかりでしたし」

「……はあ。人の家に包丁持って押しかけてくるでたらめちゃんが言うくらいだから、確かによっぽどヤバい人たちなんだろうね、その〈嘘憑き〉さんたちって」

「そして、そんなぶっ飛んだ〈嘘憑き〉のぶっ飛んだ願望を、嘘は本当に叶えようとするわけですが……しかし〈嘘憑き〉からその願望自体が消えてしまえば、『これが本当であってほしい』と思わなくなれば、嘘はたちまち力を失います。つまり〈嘘憑き〉に、嘘を吐くのをやめさせること。これが嘘を殺す、最も効率的な方法なのです」

「はあ、効率的な方法ね」

と、相槌を打つ海鳥……いつの間にか、彼女も普通に会話に参加するような流れになってしまっている。「っていうかそもそも、なんででたらめちゃんは嘘を殺そうとするの？」

「――？　どうして、と言いますと？」

「いや、でたらめちゃんも同じ嘘なんでしょ？　どうしてわざわざ、嘘同士で殺し合いとかしなくちゃいけないのかなって」

「…………なるほど」

海鳥からの問いかけに、でたらめちゃんは頷いて、「言われてみれば、それに関してもまだ説明できていませんでしたね。簡単な話ですよ。食べるためです」

「……食べる？」

「つまり私にとって、嘘とは『餌』です。とはいえ、それは海鳥さんの想像する『食事』とは、だいぶ中身が異なっていると思いますけど。

──まず一口に〈実現〉した嘘といっても、個体差があるんですよ。想いが一定値を超えれば、嘘は〈実現〉しますが、ではその一定値をどれだけ超過しているのか？　という点も重要なのです。例えば最低限しか超過していないような嘘は、意識と肉体を手に入れても、脆弱なものです。願いを叶えられることもなく、すぐに消滅してしまいます。

そして私は、その一定値をギリギリ超えただけの、とんでもなくか弱い嘘なのですよ。本来なら、とっくに消滅していてもおかしくないほどの」

「…………え？」

「もうずっと前から、私という嘘を吐いた人間──私にとっての〈嘘憑き〉からの想いの供給は完全に絶たれています。ガス欠寸前の自動車のような状態ですね。要するに、死にかけってことです。

私が人間に吐かれたのは、かれこれ十年以上も前のことになるでしょうか？　一体それがどういう内容の嘘だったのか、ここで語ることは敢えてしませんけれど——結局私は、宿主である〈嘘憑き〉の願いを叶えることが出来ませんでした。この世界をねつ造することが出来ませんでした。嘘としての本懐を遂げられないままに、見限られたんです」

「……でたらめちゃんも最初は『これが本当であってほしい』と思って吐かれたのに、途中で『別に本当にならなくてもいいや』って、人間に掌を返されたってこと？」

「それでも十年以上、こうして生き延びることができたのは、食べ繋いで来たからです。私は他の嘘を食らいます。そうして取り込んだ嘘の身体を、自分にツギハギすることで、どうにか存在の消滅を食い止め、今日まで生き永らえてきました」

「他の嘘を、自分にツギハギ？　どういうこと？」

「裏技的な方法です。私という『個』の核となる部分がバラバラに解けてしまう前に、他所から別の嘘の欠片を持ってきて表層を補強し続ければ、たとえ〈嘘憑き〉からのエネルギーの供給がなくとも、消滅は回避できるのです。

……もちろん、我ながら見苦しい、自分勝手な行いをしているという自覚はありますよ？　本当はもう消えないといけないのに、その運命を受け入れないだなんて。自分が消えたくないからって、他の嘘を食い物にし続けるだなんて」

「……別に私は、そんな風には思わないけど。人間だって、他の生き物を食べないと生きていけないわけなんだし」

「ははっ、気を遣っていただかなくても結構ですよ、海鳥さん。自分自身でこんな生き方を選んでいる以上、誰かに外道呼ばわりされても、何も文句は言えないんですから」

でたらめちゃんは冗談めかしたように言いながら、しかし、不意に真面目な顔になって、

「まあ、誰にどんな風に思われようと、別にどうでもいいんですけどね。どれだけ生き恥を晒そうと、どれだけ同族を食い物にしようと——やつらを根絶やしにするまで、私は消えるわけにはいかないので……」

「……？」

「……。いえ、すみません。話が逸れてしまいましたね。忘れてください」

でたらめちゃんはそう言って、何かを誤魔化すように微笑んでみせてから、

「無駄話をしている暇なんて、今の私にはないんです……というのも、そんなその場凌ぎにも、遂に限界が来てしまいましてね。さっきも言ったように、今の私は死にかけの状態でして、いつ消滅してしまってもおかしくありません。このまま何もしなければ、もう一週間と持たないでしょう」

「…………！　一週間!?」

告げられた事実に、海鳥は愕然と息を呑む。

「い、一週間って……本当にもうすぐじゃない……！」

「ええ、絶体絶命ですね。十年以上も散々ズルをし続けてきて、私もいよいよ年貢の納めどきというわけですが――とはいえ、私はまだ諦めていません。この期に及んで、性懲りもなく一発逆転を狙っています。今さら弱い嘘を食べたところで、焼け石に水でしょうが、もっと強大な嘘を食べることが出来れば、話は別です。それこそ『本当』にまで至れるような、一握りの中の一握りをね」

「そ、それを食べることが出来たら、でたらめちゃんは助かるの？」

「助かるでしょう、取り敢えずは。問題は、勝てるかどうかです」

　でたらめちゃんは肩を竦めて言う。

「なにせ『今回の標的』は、一握りの中の一握り。今まで私が相手取って来たような小物たちとは、〈嘘憑き〉としてのレベルがまるで違うでしょうからね……」

「……『今回の相手』って、目星はもう付けてあるの？」

「既に名前と住所は押さえてありますよ。間違いなく、私の生涯で一番の難敵です。加えて、ただでさえ現状の私は衰弱し切っていますから。勝ち目なんて、どこを探したってないでしょうね」

「……じゃあ、どうするの？」

「自棄になって特攻する、というのもまあ、他に何も頼るものがなければ、考えなくもないんですけど。幸いなことに、ちゃんと『策』はあります」

でたらめちゃんはそこで、言葉を切って――人差し指で、海鳥の方を指し示してくるのだった。「あなたですよ、海鳥さん」

「…………え？」

「あなたさえ協力してくれるのなら、私はこの絶体絶命の状況を切り抜けることが出来るでしょう。ねえ、正直者の海鳥東月さん。あなたこそ、私の救世主なのです」

「…………？」

だが、そう呼びかけられても、当の海鳥は不思議そうに首を傾げるばかりである。

「……ああ、そういえばでたらめちゃん、さっきも言っていたね。あなたが私に会いに来たのは、〈嘘殺し〉の『パートナー』になってほしいからだとか、なんとか。

いや、なんで？　まったく話が見えないんだけど？　あなたが嘘を殺さないといけない理由については、まあ分かったけど……そんな恐ろしい嘘との戦いに、私みたいな普通の女子高生が役に立つ筈ないじゃない。なに考えているの、でたらめちゃん？」

「……いいえ、それは考え違いというものですよ」

でたらめちゃんは首を振り返して答える。「なにせ海鳥さん――あなたは、『絶対に嘘を吐けない』なんていう、とんでもない才能の持ち主なんですからね」

「……は？」

告げられた言葉に、唖然としたように固まる海鳥。でたらめちゃんは微笑んで、

「ええ、海鳥さん。『嘘を吐けない』、まさにそれなんですよ。私は今日、あなたのその唯一無二の才能を見込んで、この部屋にやってきたのです。ともすれば最強の〈嘘殺し〉になり得るかもしれないあなたの元に、協力を依頼しに来たのです」

「……いや、本当に何を言っているの、でたらめちゃん？」

いよいよ訳が分からない、という表情で、海鳥はでたらめちゃんを見返していた。

「嘘を吐けないのが、才能？　この、ただ『思った通りのことしか言えない』ってだけの厄介体質が、そんな化け物退治の、一体何の役に立つって？」

「……ふふ、ご理解いただけませんか。まあ、無理もありませんね。海鳥さん自身に自覚がない以上は、そういう反応にもなるでしょう」

だが、海鳥の困惑の視線を受けても、でたらめちゃんの飄々と煙に巻くような態度は、まるで崩れない。「別に今すぐ理解していただけなくても結構ですけどね。どうせ実際に〈嘘殺し〉を進めていけば、嫌でも分かることでしょうから」

「……は、はあ？　なにそれ？　もっとちゃんと説明して——」

「もちろんタダで手伝ってくれとは言いません」と、海鳥の疑問を放置して、更に畳みかけてくるでたらめちゃん。「嘘を食べなければ消えてしまうというのは、あくまで私の事情ですから。そんな我が身可愛さだけで、何の見返りもなしに海鳥さんを危険に巻き込むわけにはいきません。当然、それに見合うだけの報酬は用意させてもらうつもりです」

「……報酬？　お金とか？」

「いいえ。海鳥さんの望むものが金銭というのなら、そちらでも構いませんけど……それは恐らく、あなたにとっては、お金なんかよりもっと価値のあるものでしょう」

でたらめちゃんはニヤリと笑って、

「私に協力してくれたら、嘘を吐けるようにな、な、なる、と言ったらどうします？」

囁くように、その言葉を続けてきた。

「――え？」

「海鳥東月は、生まれつき『呪い』みたいなもので、嘘を吐くことが出来ない。なるほど確かに、そんな奇怪な症例他では聞いたことがありませんから、あらゆる病院が海鳥さんに対して匙を投げたというのも頷けます。ですけれど海鳥さん、よく考えてみてください。なんでもありの嘘の力を使えば、あなたの原因不明の『嘘を吐けない』体質だろうと、ち、ち、治療できる筈だとは思いませんか？」

「……は？」

「〈嘘憑き〉に叶えられない願いなんて、この世には一つとして存在しないのですよ、海鳥さん。あなたが嘘を吐けずに苦しんでいるというのなら、どこかの〈嘘憑き〉に、その体質を治してもらえばいいだけの話なのです」

一切の淀みのない口調で、でたらめちゃんは捲し立ててくる。

「そして私は、十年以上嘘の世界を生き抜いてきた〈実現〉嘘です。当然これまでの嘘生の中で、色々な同族と巡り合って来ました……そんな私の手にかかれば、海鳥さんの問題の解決に役立ちそうな〈嘘憑き〉を見つけ出すくらい、造作もないことです。

これは対等な取引ですよ、海鳥さん。私の〈嘘殺し〉に協力してくれた暁には、必ずあなたの助けになる〈嘘憑き〉を紹介すると約束します。あなたに嘘を手に入れさせると約束します。嘘しか吐けないでたらめちゃんと言えど、この言葉だけは、１００％の真実だと信じていただいて構いません」

「………………」

「想像してみてください、海鳥さん。嘘を取り戻せる。『普通』になれるんですよ？　それはあなたが、ずっと思い描いてきた理想の筈でしょう？」

「……『普通』」

海鳥は言われて想像する……まともな自分。嘘を吐ける自分。他人と普通に関わることの出来る自分。『海鳥さんって空気読めないよね〜』なんて言われることのない自分。

「いかがです、海鳥さん？　私の〈嘘殺し〉、手伝っていただけますよね？」

「………………っ、ちょ、ちょっと待ってよ。私、まだ色々混乱している所だから、まずはいったん整理する時間を――」

「――いいえ、待てません、残念ながら」

と、首を左右に振りながら、でたらめちゃんは海鳥の言葉を遮るのだった。

「嘘殺しは『今この瞬間』から始めます。こっちもだいぶ追い込まれているもので、海鳥さんが決断されるのを悠長に待ってあげている余裕はないのですよ。もしもこの場で即決出来ないというのなら、大変申し訳ないですけど、このまま無理やりにでも〈嘘(うそ)殺し〉に巻き込ませてもらう形になりますね」

「……は、はぁ⁉ なんなのそれ⁉ そんな滅茶苦茶(めちゃくちゃ)な――」

「まあ、最終的にどうするかは追い追い決めてもらえば結構ですから。もし途中で辞めたくなったなら、遠慮なく言ってください。私は基本的に海鳥(うみどり)さんの意思を尊重しますので……既にその時点で引き返せなくなっていたらアレですけどね」

などと、海鳥にとっては聞き捨てのならないようなことを最後に小声で付け加えながら、でたらめちゃんは不意にドアの方に視線を移して、「では、いよいよ開演ですね――お待たせしました。もう入って来ていただいて大丈夫ですよ」

ドアの向こうで、ずっと聞き耳を立てていた第三者に対して、そう呼びかけていた。

「……え？」

海鳥は驚いて後ろを振り向く。

二人の少女が見つめる前で、ドアが開かれ――現れたのは、海鳥と同じブレザーの制服を着た、短い髪の少女だった。

「いやぁ、よく我慢していただけましたね。包丁を振り回しているときなんか、あなたが乱入してくるんじゃないかと、気が気じゃありませんでしたよ」

「まあ、本当に殺したりはしないだろうと思っていたからね」

少女は淡々と答える。「なにより私は、失意のどん底にあったからさ。友達だと思っていた奴（やつ）に裏切られて、尚且つ（なおかつ）友達じゃない、なんて言われちまったんだから。キミと取っ組み合う気力なんざなかったさ」

「…………なんで？」

海鳥はそれしか言えなかった。何故（なぜ）？　どうして彼女がここにいる？

「そういう訳です。海鳥さん。こちら、今回標的となる〈嘘憑（つ）き〉さんですよ」

「やあ海鳥。本当に、よくもやってくれたね。キミにはすっかり騙（だま）されたよ、この大嘘吐（つ）きめ」

少女——奈良芳乃（ならよしの）は海鳥東月（とうげつ）を見据えて、言葉をかけてくる。

その声に気安さはなかった。

表情と同じに、凍り付いていた。

3　奈良芳乃という女について

奈良芳乃は、世界で一番の美少女だ、と噂されている。

曰く、この地球上で、彼女より優れた容姿を持つ人間は存在しない。

彼女の美貌には誰も敵わない、と。


一年前。

その日、海鳥はバイト帰り、駅前のベンチに座り込む一人の少女の姿を見かけた。

既に日も暮れた時間帯、海鳥がそこを通りかかったのは完全な偶然だった。

そして、その少女の顔を一目見た途端、海鳥は思わず立ち止まってしまう。

「……奈良さんだ」

海鳥と同じブレザーの制服を着た、海鳥よりも小柄な、ショートカットの女の子。

少女、奈良芳乃は無表情で、ぼんやりと虚空を眺めていた。同じベンチに座っている人間は誰もおらず、一人きりで、夜の闇にその身を溶け込ませている。

「…………何してるんだろ？」

時期としては、彼女たちはまだ高校に入学したばかり。当然海鳥も、クラスメイトの顔などほとんど覚えられていない――が、この奈良芳乃だけは例外である。

とにかく、やたらと綺麗な人だ、というのが、この少女に対する海鳥の第一印象だった。入学式で初めて彼女を見かけたとき、海鳥は同性であるにも拘わらず、その容姿の整いように思わず釘づけになってしまったほどだ。

海鳥がかつて見たことのないような、完璧な目元、完璧な鼻筋、完璧な輪郭。さながら芸術作品を眺めているよう、というのは決して大袈裟な物言いではない。実際に入学式においても、見惚れていたのは海鳥ばかりではなかった。他の新入生も、上級生も、あまつさえ教師や保護者らの視線に至るまで、奈良は根こそぎ釘づけにしていたのだ。おかげで式の進行は滅茶苦茶になった。

こんな雑踏の中でさえ、その美貌のせいで、彼女の周囲だけは何やら輝いているようである。海鳥だけでなく、道行く通行人たちも、チラチラと無遠慮な視線を奈良に送っている。それほど騒ぎになっていないのは、夜の暗がりのせいで、奈良の顔立ちがはっきりとは見えないから、だろうか？

「…………」

だが、別に町中で同級生を見かけたからといって、どうということもない。海鳥にしてみれば、このまま気付かない振りをして通り過ぎる、というだけのことである。

わざわざ学校の外で、同級生に話しかけるなどというリスクの高い行動を、海鳥は取らない。彼女は——少なくとも当時の彼女は、他人と深い仲になるつもりなど、さらさらなかったのだから。

「——え？」

しかし、まさに立ち去ろうとしていた海鳥は。

視界の端に捉えた、奈良の様子に、動きを止めてしまっていた。

「…………？」

見間違いか？　と一瞬考える。だが、いかに暗がりとはいえ、海鳥の瞳がはっきりと『それ』を捉えている以上、どうやら間違いはなさそうだった。

奈良の表情は、前述した通り、何を考えているのかさっぱり分からない無表情——けれどその目元からは、どういうわけか、一筋の涙が零れている。

その状態を『泣いている』と評していいのかどうかは、海鳥には分からない。少なくとも彼女の表情は、くしゃくしゃに歪んでなどいない。

それでも、とにかくただ事ではないことだけは、その様子を見れば明らかだった。

「……ちょ、ちょっと、奈良さん？　大丈夫？」

だから、気が付いたときにはもう、海鳥は奈良に声をかけていた。

何かしらの思考に基づいた行動ではない。完全な脊髄の反射である。涙を見た途端、ほんの一瞬だけ、海鳥の頭から『他人と深く関わらないようにしよう』という打算は消えてしまっていたのだ――そして、そのことを後悔する間もなく、海鳥の身に奈良の視線が向け返されてくる。

「…………誰だっけ？」

奈良は無表情だったが、明らかに戸惑っていると分かる様子で、海鳥の方を見つめ返してきていた。が、海鳥の制服を見て、まずは同級生だということに気付いたらしい。

「ああ、キミ、なんか見覚えあるな。同じクラスだよね？　確か、名前がちょっと変わっている……」

「う、うん。海鳥だよ。海鳥東月（とうげつ）。日本海の『海』に、鳥取（とっとり）県の『鳥』に、『東』の『月』と書いて、海鳥東月……」

「そうそう、海鳥さんだ。やたらと格好（かっこう）いい名前だと思って、印象に残っていたんだよ。特に名前の方だけど。『東月』なんて名前の女の子、私は初めて見たもの」

奈良は言いながらも、懐からハンカチを取り出して、自らの濡（ぬ）れた目元を拭う……やはり涙を流しているというのは、海鳥の見間違いではなかったらしい。

「ちなみに私は、奈良県の『奈良』に、くさかんむりの下に方向の『方』の字を書いて『芳』、それから『刀』の出来損ないみたいな『乃』という字を加えて、奈良芳乃（よしの）だよ。これからクラスメイトとして一年間よろしくね、海鳥さん。

ところで海鳥さんは、私が一人で泣いていると思って、声をかけてくれたのかな？」

と、奈良はつまらなそうな顔をしたまま、そう海鳥に問いかけてくる。

「だとしたら、恥ずかしい所を見られちゃったな……海鳥さんもびっくりしたでしょ？　悪かったね、なんだか気を遣わせちゃったみたいで」

「……い、いや、私の方こそごめんね。奈良さんが一人でいるところに、声なんてかけちゃって。迷惑じゃなかった？」

「とんでもない、迷惑なもんか。むしろ声をかけてくれて救われたよ。あのまま一人だと、どこまでもズルズルと落ちていってしまいそうだったからね」

そう言って、はははは、と乾いた笑い声だけを漏らす奈良。

「………？」

そんな彼女の様子を見ていると、海鳥は違和感を覚えずにはいられなかった——なんだこの女の子は？　どうしてこんなにつまらなそうな顔で、こんなにも情緒豊かに話す？

「いや、別に大したことじゃないんだけどね。ついさっき、仕事をクビになっちまってさ」

「え？」

「まあ、クビというか、事務所が契約を更新してくれなかったって感じなんだけど」

「……事務所？」

「うん。私、モデルの仕事をやっていたんだよ。中一の頃から、三年くらいね」

「……！　へ、へえ！」

告げられた事実に、驚嘆の声を上げる海鳥。「そうだったんだ……モデルさんなんて、凄いね、奈良さん。やっぱり綺麗な人って、そういう仕事をするものなんだ」

「はは、ありがとう。まあ、中学に入学したばかりの頃に、事務所のオーディションを受けたら、運よく合格したってだけなんだけどね。とはいえ昔からの夢だったから、合格したときはそれなりに嬉しかったものだよ」

「……夢？」

「うん。私、ずっとモデルになりたかったんだよね……」

奈良は無表情で、どこか遠くを見つめるようにしながら、力のない呟きを漏らす。

「ほら、私って自分で言うのもなんだけど、けっこう可愛いでしょ？　せっかくそういう取り得を持って生まれたんだから、何か実生活に役立てられないものかなって、子供の頃からずっと考えていてね。運動の得意な子がスポーツ選手を目指したり、絵の上手い子がマンガ家を目指したりするのと、同じ理屈でさ——そして自然と、芸能界入りを思い付いたというわけなのさ」

我ながら安直な発想だと思うけど、と照れたように奈良は付け加える。その間も、彼女の頬はピクリとも動かない。

「とはいえ入所したばかりの頃は、それなりに歓迎されたものだったけどね。『ものすごい逸材が入ってきた！』って、事務所の社長なんか大喜びだったもの。私は私で、『やっぱり私はこういう仕事に就くべき人間だったんだ！』って、ちょっと浮かれ気分だったし」

「……？　え、じゃあ、なんで今日契約を切られちゃったの？」

「……。簡単な話だよ。現実には私、ぜんぜん売れなかったんだ」

戸惑ったように尋ねた海鳥に対して、奈良は一瞬の間を空けたあと、平坦な声音で答えてくる。「この三年間で、取れた仕事なんて数えるばかり。最後の一年間なんて、一つも仕事を取れなかったよ。事務所のモデルで、私ほど売れていない子は他にいなかったし、戦力外通告されたって文句は言えないさ。むしろ今日まで私のクビを切らなかった、事務所の優しさに感謝しなきゃいけないくらいだね」

「……？　な、なにそれ？　どういうこと？」

だが、そう丁寧に説明されても、海鳥にはまるで理解ができなかった。

「奈良さんがモデルとして売れなかったって……な、なんでそんなことになるの？　奈良さん、そんなに綺麗なのに」

「ははっ、そう思ってくれるかい？　だけどね、海鳥さん——まさにその『綺麗さ』こそ、私のモデルとしての致命傷だったんだよ」

「……え？」

「要するに、美少女過ぎてしまったんだ、私は。この世に存在する、どんな服よりもね」

無表情で、吐き捨てるような口調で奈良は言う。

「私の顔を一目見るなり、ありとあらゆるデザイナーが、私にだけは自分の服を着させないでくれって、事務所に頼み込んできたらしいよ……着ている服を美しく見せるのがモデルの仕事なのに、よりにもよってモデル自身がその服よりも美しいだなんて、言語道断だって。自分の大事な商品が、あの女の子に着られるだけで、まるで価値のない布きれか何かみたいに見えてしまうってさ」

「…………は？」

言われて、海鳥は唖然としたように声を漏らしていた。「な、なにそれ？　美少女過ぎて仕事を干される？　モデルなのに？」

「もちろんモデルじゃなかろうと、同じ問題は発生しただろうさ。女優としてなら、私に釣り合う脚本が存在しない。歌手としてなら、私に釣り合う楽曲が存在しない。『キミより綺麗な女の子はこの芸能界に一人も存在しないかもしれないけれど、そんなキミに釣り合うだけの舞台を、我々は一つも用意することが出来なかった。申し訳ない』――そんな風に社長に謝られたら、こっちも何も言えないよね」

奈良は気怠そうに溜め息をついて、

「本当、こんなことになるのなら、モデルの仕事なんてやるんじゃなかったよ。なにがけっこう可愛い、だ。そんな風に自分をつい『過小評価』しちまうのは、私の悪い癖だよね」

「…………」

そんな堂々とした奈良の物言いに、海鳥は呆気に取られて、何も言葉を返すことが出来なかった。

自分のことを『世界一美しい』などと本気で宣う人間のことを、海鳥はかって見たことがなかったし――なにより信じられないのは、そんな荒唐無稽な物言いに対して、『確かにそうかもしれない』と共感してしまう自分がいることだった。

それほどまでに、奈良芳乃の美貌は常軌を逸しているのだ。

「まあ、過ぎたことをいつまでも悔やんでいても仕方ないか。いい加減、私も切り替えないとね――ちなみに海鳥さん、このあと暇だったりする？」

「えっ？」

「良かったら、私と一緒にごはんでも食べに行かない？」

「…………え？」

唐突な話題の転換だった。

あまりにも唐突すぎて、海鳥は一瞬、虚を衝かれたように固まってしまう。

「なんだか今夜は、このまま真っ直ぐ家に帰るって気分でもなくてさ。なにか、ぱーっと美味しいものでも食べに行こうと思っていたんだよね。良かったら、海鳥さんも一緒にどうかなって」

「……い、一緒にごはん？　私と、奈良さんが？」

「この辺に、美味しいお好み焼きのお店があってさ。海鳥さんもきっと気に入ると思うんだ。ね、いいでしょ？」

「…………っ。え、ええと」

そう奈良に積極的に迫られて、海鳥は露骨に動揺したように視線を逸らす。

「……い、いや、ごめん奈良さん。誘ってくれるのは嬉しいんだけど、それはちょっと、困るっていうか」

「……困る？　なんで？」

海鳥の返答に、奈良は無表情で、首だけを斜めに傾けるようにして、

「もしかして。お好み焼き嫌いだった？」

「……いや、私、食べ物の好き嫌いとかは特にないんだけど」

「今日は家に早く帰らないといけないとか？」

「……ううん、別にそういうこともないかな」

「じゃあ、なにか他に予定が入ってるの？」

「…………そ、それも違うけど」

おずおずと、今にも消え入りそうな声音で、海鳥は言葉を返す……他人と深く関わりたくないという事情がある以上、本当は適当な理由を付けて断りたいのだが、『嘘を吐けない』彼女には、やはりそれが出来ないのだ。けれど理由もないのに誘いを断ってしまえば、

絶対に角が立ってしまう。誘いに乗るのは論外だが、これから一年間を共に過ごす同級生との間に禍根を残すというのも、やはり海鳥の望む所ではない。

「――なんだかよく分からないけど、何も予定がないなら行こうぜ！　ほら！」

「わっ⁉」

そして、海鳥がそんなことをグダグダと思い悩んでいる間に。

彼女の手首は、正面からにゅっ、と伸びてきた奈良の掌に、鷲掴みにされてしまっていた。

「ちょ、ちょっと奈良さん⁉　あの、だから無理なんだって、私！」

「ははっ、安心してよ海鳥さん。今日は私のおごりさ。いくら私が売れないモデルだったとはいえ、同級生に晩ごはんを御馳走できるくらいの貯蓄はあるからね」

「い、いや、お金の問題とかじゃなくて、本当にマズいんだよ！　お願いだから、私の話を聞いてってば、奈良さん……！」

――これが海鳥東月と奈良芳乃の出会いだった。この後、彼女たちは一年間の交流を経て、現在の関係値へと至ることになる。そして、現在……。

取り出されたのはフライパン、だった。

底の深く、径の広い、鉄製のフライパンである。どこの量販店でも見かけるような、ありふれたデザイン。しかしほとんど使用されていないのか、その表面には、傷や汚れらしきものは一切付着していない。

「昨日の夜にさ、メッセージが届いたんだよ」

言いながら奈良芳乃は、フライパンの表面をこつこつ、と指で何度か鳴らしたのち、それを目の前のコンロの上に置く。

「『去年の春頃から、自分の鉛筆が盗まれていることに気付いていますか?』『嘘だと思うなら、試しに、すべての鉛筆にあなたにしか分からないような目印を入れてみてください』――って」

続いて奈良は、今度は戸棚から、なにやら『黄透明の液体』に満たされたボトルを取り出してくる。表面のラベルに記されているのは、『さらっさらサラダ油』という文字。

「知らないアカウントだった。『でたらめちゃん』なんてふざけたアカウントさ。もちろんチェーンメールの類だと思ったけど……とはいえ、試してみて何か損をするということもないんだし、暇潰しのつもりで言われた通りにしてみたんだ。そうしたらマジで目印が消えちまったからさ、たまげたよ」

奈良は無表情で溜め息をつきながら、ボトルの蓋を開いた。そして、それをコンロのちょうど真上で傾けて、中身の液体をゆっくりとフライパンへ注ぎ込み始める。

「ただ、私はそんなメッセージの送り主『でたらめちゃん』は、十中八九『鉛筆泥棒』本人ではないだろうとも踏んでいたよ。一年間も自分の犯行がばれないように、慎重に事を進めてきただろう犯人が、今さら存在を気取らせるようなメッセージを私に送ってくるだなんて、辻褄が合わないからね。だから私は教室で彼女の存在を敢えて話さずに、あくまでも自分で気づいたという体にして、あの場に居ただろう『鉛筆泥棒』にカマをかけたというわけなのさ」

どぼどぼ、という音とともに、フライパンの内部が黄透明の液体、サラダ油で満たされていく。

やがて中身が三分の一ほども注ぎ込まれたところで、奈良はボトルの傾きを元に戻して、その蓋を閉じていた。続いてコンロのスイッチを入れる。火が点き、フライパンの中身の油が、高火力で熱せられ始める。

「そして、学校を出てすぐのことだったよ。再び『でたらめちゃん』からのメッセージが届いていたのは。本文はたった一行だけ、『いま、あなたの後ろにいます』……うん、叫んだよね。思わず悲鳴を上げちまっていた。で、恐る恐る振り向いてみると、真っ白な頭をした、ネコミミパーカーの女の子がいたもんだからさ。拍子抜けしたよ」

「私は度肝を抜かれましたけどね」

横合いから、でたらめちゃんが口を挟んでくる。「とんでもない美人だっていう情報は、事前に仕入れていましたけど、それでも実物を間近で見ると、息を呑まずにはいられませんでしたよ。こんなに綺麗な人が、本当にこの世にいるんだって」

「それを言うなら、私はキミの言動にこそ度肝を抜かれたよ。本名を訊いても、通っている学校を訊いても、適当なことしか答えないんだから」

呆れたように言いつつ、肩を竦めてみせる奈良。「で、そこから先のことは、わざわざ説明するまでもないよね。私は謎の少女でたらめちゃんに誘われるまま、このマンション……鉛筆泥棒の根城へとやってきて、まず彼女が先陣を切って部屋の中に押し入ったあと、こっそりと後に続いて、そのままトイレの外で、ずっと聞き耳を立てていたというわけなのさ」

……などと話している間に、更に一分程が経過していた。奈良は油の温度を確かめるように、掌をフライパンの上にかざす。そして、今度もまた数秒の沈黙ののちに、軽く頷き、台所から踵を返して、

「しかし、最初に冷蔵庫の中身を検めたときは卒倒するかと思ったよ。綺麗に半分にちびた自分の鉛筆が、冷蔵庫にびっしりと収納されているのを見ると、吐き気が止まらなかった。恐怖よりも先に、こみ上げてきたのは怒りだったね。とにかく犯人をぶん殴ってやりたいって気持ちでいっぱいになった。

——まあそんな気力、あっという間に失せちまったんだけどね。トイレの個室の中から、聞こえる筈のない声、聞こえちゃいけない声が聞こえてきた瞬間にさ」

奈良の向かった先は冷蔵庫だった。

扉を開けて、収納されている大量の鉛筆の中から、数十本ほどを掴んで、外へと取り出す。そうしてすぐに台所の方に戻ってくる。再び、コンロの前に立つ。

そして彼女は、手中の鉛筆を一本残らず、フライパンの中に投げ捨ててしまった。

「いやああああああ⁉」

奈良の後方で、絶叫が上がる。

叫び声の主、海鳥東月はこの世の終わりのような顔をして、目の前の光景を凝視していた。「いやあああああっ！　やめてぇぇぇぇ！　私の鉛筆に、そんな酷いことしないでぇええ！」

ふらふらとした足取りでコンロの方に近づいていき、奈良の肩に取りすがろうとする海鳥……だが奈良は、そんな彼女の腕を強引に払いのけて、

「——うるっせぇ〜！　キミの鉛筆じゃなくて、私の鉛筆だろうが、これはっ！」

そう無表情で雄叫びを上げていた。

「廃棄、廃棄、廃棄、廃棄、廃棄じゃあ〜！　こんなもんは！　こんなもんは！」

その小さな身体から発せられているとは思えない、それは凄まじい声量の叫びだった。

続いて彼女は荒々しい手つきで台所の引き出しを開けると、シリコン製の菜箸を取り出し、油の中の鉛筆を、一本ずつかちゃかちゃとひっくり返し始める。

「いやっ！　いやっ！　いやあああ……！　そんな満遍なく火を通さないでぇ……せっかく内部まで染み込んだ指紋が、滅菌されちゃうぅ……！」

もう見ていられない、という風に顔を覆って、その場に蹲ってしまう海鳥。対して奈良は、そんな海鳥には一瞥もくれず、また冷蔵庫の方へと歩いていき、

「──ああっ、もう面倒くせぇ！　ぜんぶいっぺんにかたづけてやる！」

と、そう苛立たし気な口調で言ってから、内部に収納されていた鉛筆をすべて、その両掌で掴み取っていた。

「よっこいしょ！」

言いながら奈良は、またコンロの前に舞い戻り、手中の鉛筆を残らずフライパンの中にぶちまけようとする……が、すんでのところで海鳥が、物凄い勢いで、彼女の身体を後ろから羽交い締めにしていた。

「ちょ、ちょちょ、ちょちょちょちょっと待って奈良！　流石にそれはダメだって！　洒落になってないって！」

「う、うるさい！　離せよこの変態！　私はね、こんなおぞましいもの、これ以上一秒たりともこの世に存在させてなんかやらないんだ！　全部からっからに揚げてやる！　一本

残らず天ぷらにしてやるっ！」

コンロの前で、全力の掴み合いを繰り広げる女子高生二人。だが必死の形相の海鳥とは対照的に、奈良芳乃の無表情は、こんなときでさえ一ミリも乱れることはない。

「ちょ、ちょっと二人とも、落ち着いてください！　油の前でそんなに暴れたら、危ないですって！　そもそも衣つけてないんだから天ぷらにはなりませんよ！　ただの素揚げですよ、それ！」

そんな風に横合いから飛んでくるでたらめちゃんの突っ込みの声も、当然のように彼女たちの耳には届いていない……と、その直後、

「――っ⁉　あ、あああああっ！」

不意に海鳥の口から、ひと際大きな悲鳴が上がっていた。

彼女の視線の先――フライパンの上に浮かぶ約百本の鉛筆たちに、ある『変化』が生じ始めていたのだ。

いかに高温のサラダ油で揚げられようと、鉛筆本体はただの『木』なのだから、大したダメージがある筈もない。問題が発生していたのは、その『外側』の部分だった。

表面に塗られていただけの『塗装』の部分が、高温で熱せられて、ボロボロと剥がれ落ち始めていたのだ。

「いやあああっ⁉　そこが一番大事な部分なのにぃぃぃ！　一番奈良の指が触れている

のにぃぃぃ！」

完全に心が折れてしまったのか、へなへな、とその場にへたり込んでしまう海鳥。なお、鉛筆の本体から剥がれ落ちて油の海に漂う『塗装』の残骸は、その元々の色合いも相まって、なにかの野菜のように見えなくもなかった。

「――ふう、済まない。少し取り乱してしまったよ」

丸テーブルを囲むようにして、三人の少女が、フローリングに腰を下ろしている。

海鳥東月（とうげつ）。

奈良芳乃。

そして一『人』とカウントしていいのか微妙なでたらめちゃん。

テーブルに置かれたデジタル時計は、18時ちょうどを表示している。もう夜だった。そうは言っても四月なので、カーテンに閉ざされた窓の外はまだ明るいようだったが――部屋の中の空気は暗黒そのものである。

「あまりに興奮し過ぎて、あの鉛筆たちを一本残らず『処理』してしまうまで、気持ちの収まりがつかなかったんだ……スムーズに揚げることができて良かったよ。もしもこの部屋に、新品のサラダ油がたまたま備蓄されていなかったらと思うと、ぞっとするね」

「ええ、本当に偶然でしたよね。海鳥さんが一人暮らしを始めるときに気まぐれで買ったサラダ油が、捨てられずに放置されていたなんて。

しかし良い物見せてもらいましたよ、奈良さん。鉛筆って油で揚げるとあんな感じになるんですね～。理科の実験みたいで面白かったです」

「別にキミを愉しませるためにやったわけじゃないけどね……しかし何はともあれ、鉛筆の始末をつけることが出来て一安心さ」

「………」

そんな風に、和やかに言葉を交わす奈良とでたらめちゃんとは対照的に、魂の抜けたように黙り込んでいるのは海鳥である。彼女は気の毒になるほど真っ青になって、俯いている。折角抜けていた腰も元に戻ったというのに、どんよりと曇ったその瞳からは、まるで生気を感じられない。

「――ただ、鉛筆泥棒の一件が解決したからといって、『はい、おしまい』って家に帰るわけにもいかなくなっちまったよね。なにせ私は、その鉛筆泥棒の一件に勝るとも劣らない、およそこの世のものとは思えない奇怪な現象に自分が巻き込まれているらしいことを、さっきトイレの外で聞かされたばかりなんだから」

言いながら奈良は、でたらめちゃんの方に視線を移して、

「さて、でたらめちゃん。鉛筆の始末が無事についたところで、お次はいよいよそっちの

話を始めるとしようじゃないか——さっきまでのキミの話を総合すると、こういうことだよね？　私たち人間が普段から吐いている嘘には、実は生命があって、キミは実体化した嘘で、同じように実体化した嘘を食べる必要があって、そのためには嘘の宿主である〈嘘憑き〉をなんとかしなきゃいけなくて、私こそがその〈嘘憑き〉だって」

「ええ、その認識でまったく問題ありませんよ、奈良さん」

言われて、でたらめちゃんは微笑みを湛えて言葉を返す。

「私たちの話し声は、ちゃんとドアの向こうまで届いていたみたいですね。何よりです」

「……とはいえ私としては、キミの話には、あんまり要領を得られていないんだけどね」

ポリポリと頬を掻きながら、奈良は言う。

「だって私、〈嘘憑き〉なんて言われても、なんのことだかさっぱり分からないんだもの」

「…………ほう」

そんな奈良の言葉に、でたらめちゃんはなにやら意味ありげに鼻を鳴らしていた。

「と、仰いますと？」

「うん、キミの主張に真っ向から対立するようでアレだけどさ。私、奈良芳乃は、〈嘘憑き〉なんかじゃない筈なんだよね——だって、ついさっきキミから説明を受けるまで、私は『生き物』である嘘の存在なんか、これっぽっちも知らなかったんだから」

奈良は相変わらず無表情だが、その声音には、猛烈な『戸惑いの色』が滲み出ているようだった。「少なくとも私は、私に取り憑いている〈実現〉した嘘とやらを、この目で見たことは一度もないよ。それでお前は〈嘘憑き〉だ、なんて言われても、ちょっと意味が分からないよね。何かの間違いだとしか思えない」

「いいえ、間違いなどではありませんよ、奈良さん」

と、真顔で奈良の方を見つめ返しながら、でたらめちゃんはきっぱりとした口調で言い切っていた。「何故なら、嘘というのは基本的に、同族にしか嗅ぎ分けられない『匂い』を放つものだからです。まさしく『嘘くささ』というべき、独特の匂いを」

「『嘘くささ』?」

「今も奈良さんの身体からは、ぷんぷんとその匂いが漂ってきています。それも私がこれまでほとんど嗅いだこともないような、超・強烈な『嘘くささ』がね。少なくとも私の鼻がそういう反応を示している以上、あなたが強力な〈嘘憑き〉であるというのは、疑いようのない事実なのですよ」

「……ええ?　なにそれ?」

奈良は無表情で、露骨に微妙そうな声音を漏らして、

「『嘘くささ』って……自分の身体からそんな匂いが漂っているだなんて、めちゃくちゃ気分悪いんだけど」

「そんなに気にされることはないと思いますけどね。人間にはそもそも嗅ぎ取れませんし、

嘘である私にとっても、不快な『匂い』というわけではありませんから」

「キミが不快でなくても、私が不快なんだってば……まったく勘弁してほしいね。そんな得体の知れない匂い、今すぐにでも、この身体から取り去ってしまいたいよ」

「……はあ、取り去ってしまいたい、ですか」

と、そこででたらめちゃんは、怪訝そうに眉をひそめて、

「ちなみに、一応確認なんですけど。奈良さんご自身は本当にそれで構わないんですか？」

「どういうこと？」

「だって奈良さん。嘘を自分の身体から取り去る、私の〈嘘殺し〉に協力する、ということは……」でたらめちゃんは、何やら逡巡するように言い淀んで、「自分の嘘が食べられてしまう。つまり、願い事が叶わなくなるということなのですよ？」

「ああ、もちろん構わないとも」

　果たして、奈良は即答していた。「それこそ願ったり叶ったりだよ。私は自分の嘘が『本当』になってしまうだなんて、恐ろし過ぎるからね」

「……恐ろしい、ですか？」

「あのね、でたらめちゃん。私にはそもそも、叶えたい願いなんて、一つもないんだよ。精々、宝くじに当たれば幸せだろうと思うくらいでね。それでも私の吐いた嘘が〈実現〉してしまったというのなら、それはつまり、私の『深層心理』がそうさせてしまったとい

うことだ。自分でも知覚できないほど深い部分で、何かを願ってしまっているということだ。

だとしたら、それほど恐ろしいことってないよ、でたらめちゃん。自分の無意識で世界を創り変えてしまうだなんて、冗談じゃない。もしも私が心のどこかで世界の破滅を望んでいたとしたら、本当にそうなってしまうってことだろう？　『私の自覚している私』は、そんなしょうもないこと、これっぽっちも望んじゃいないのにさ」

奈良は無表情で肩を竦めて、「だったら私は、嘘なんていらない。嘘になんて憑いていてほしくない。キミが私の嘘を食べたいっていうのなら、喜んで協力してあげるよ。むしろ自分で手を下せないのが、残念なくらいさ」

「……なるほど」

そんな奈良の表情を窺うようにしながら――まるで変わり映えのしない彼女の表情を、それでも尚、注意深く観察するようにしながら、でたらめちゃんは頷いていた。「まあ、奈良さんにそう言っていただけると、こちらとしては本当に助かるんですけどね」

「で、その〈嘘殺し〉って、具体的にはどうやって進めていくんだい？　さっきから黙りこくっている、そこの『嘘を吐けないだけの女』を私にぶつけて何かさせる、って所までは、もう聞いていたと思うんだけど」

「………………」

二人の会話の間に、海鳥の沈黙が挟まる。彼女は相変わらず魂の抜けたような顔で、俯いたままである。

「……ええ、そうですね。それではいよいよ、そこについての説明を始めましょうか」

と、奈良の問いかけに、軽く息を吸い込んでから、でたらめちゃんはそうおもむろに切り出していた。

「いいですか奈良さん、それに海鳥さんも。さっきからお二人は、『ただ嘘を吐けないだけ』なんて言い方をされていますけれど……私に言わせればとんでもありませんね。『嘘を吐けない』、それほど人の心を動かすのに適した能力もないのですから」

「……人の心を動かす？」

「とはいえ、口でいくら言っても伝わることはなさそうなので、ここは一つ、実践してみせるとしましょうか——ねえ、海鳥さん」

「……え？」

と、出し抜けに呼びかけられて、海鳥は驚いたように頭を上げていた。そんな彼女に向かって、でたらめちゃんは何やらしおらしい表情を作って、

「すみませんでした、海鳥さん。あなたの大事な秘密を、勝手に奈良さんにばらしてしまって。今は本当に反省しています。こんなことはもう、金輪際、二度と致しません」

「……は？　な、なに急に？」

そう心から申し訳なさそうに謝られて、戸惑う海鳥（うみどり）――だが次の瞬間にはもう、でたらめちゃんの顔は、元の悪戯（いたずら）っぽい笑みに戻っていた。

「いかがでしょう？　私はたった今、海鳥さんに対して謝罪したわけですが……果たして海鳥さんが今ので私を許してくださるかと言えば、当然そんな筈（はず）がありませんよね？　だって、ただ口で謝っただけでは、本当に心から反省しているかどうかなんて分からないんですから」

でたらめちゃんはふるふる、と首を左右に振ってみせてから、

「けれど、もしも私が海鳥さんと同じように、『嘘（うそ）を吐（つ）けない』のだとしたらどうでしょうか？　その場合、私が『ごめんなさい』とこの口で言ったからには、それはすなわち絶対的な真実ということです。私は本当に心の底から『ごめんなさい』と思っているということです。優しい海鳥さんのことですから、きっとそれだけで、私のことを許してくれるに違いありません。実際には、ただ口で謝ったというだけのことなんですけどね。

反対に、もしも私が本当は反省していなかったとしたら？　私はたとえ口先だけでも、『ごめんなさい』なんて言うことは絶対に出来ません。『いいえ、実はぜんぜん反省していませんとも』と正直に言う他なくなるでしょう。やはりその場合、海鳥さんの怒りは、今の何倍にも膨れ上がると思われますが」

「……なるほどね」

と、納得したような相槌を打ったのは奈良だった。「つまりそいつが、嘘をつけないことのメリットであり、デメリットでもあるというわけかい」

「ご理解いただけたようですね。要するに嘘を吐けないというのは、人間の感情を揺さぶるのに、他人を説得するのに、絶大な効力を発揮する能力であるということです。ふつう他人を説得するのには、莫大な労力と手間を求められるものですが、それが何故かと言えば、あなたたち人間は口だけなら何とでも言えてしまうから。嘘を吐けてしまうから。

　だからこそ、口だけでは何とでも言えない海鳥さんの言葉は、それだけで他人の胸の奥深くまで突き刺さるのです。海鳥さんが誰かを『好き』と言ったなら、それは本当に心からその人を『好き』だということ。誰かを『嫌い』と言ったなら、それは本当に心からその人を『嫌い』だということ。

　このように『嘘を吐けない』とは、大きなメリットとデメリットを併せ持った、諸刃の剣のような能力なのです。さながら、〈本音の刃〉とでも言いましょうかね」

「……〈本音の刃〉、ねぇ」

「しかし今日までの海鳥さんは、その力のデメリットばかりを気にして、折角のメリットの方をまるで活用しようとしていませんでした。他人と深く関わろうとせず、また関わらせない……海鳥さんの言うところの『処世術』とやらを徹底し、仮初めの平穏を維持することに尽力してきたわけです。

だからこそ、まずは身の振り方なんて考える余裕がなくなるくらいに、海鳥さんを追い込む作業が必要でした。海鳥さんにとっての青天の霹靂、例えば、ずっと抱えていた秘密がばれてしまうような……そうすれば海鳥さんは平静でいられなくなります。少なくとも、『他人と関わらないようにしよう』なんてことを意識している余裕なんて、これっぽっちもなくなるでしょう」

「……………まさか」

と、そこで声を上げていたのは海鳥だった。

「まさか、だから、そのためだけに……鉛筆泥棒の正体を、奈良にばらしたってこと？」

「——ええ、そういうことになりますね」

視線を向けられて、でたらめちゃんは笑顔で頷く。

「これで海鳥さんも、奈良さん相手に気を遣おうなんて考えは失せたでしょう？　他人と深く関わらないようにするだとか、そんな小難しいことを考える必要は、全くなくなったんです……海鳥さんにとっては、ある意味幸せなことだと思いますけど」

「………………」

「そんな恨めし気な目で見ないでくださいよ。そりゃあ、だまし討ちみたいな形で秘密をばらしてしまったことは謝りますし、私も悪かったですし、自己弁護しようなんて気はさらさらありませんけど」

からかうような口調で、でたらめちゃんは更に畳みかけてくる。「海鳥さんにしてみれば、友達でもない人に、ただ幻滅されたというだけの話でしょう？」

「…………っ！」

海鳥は表情を引きつらせ、また俯いてしまう……確かにそれを言われてしまうと、彼女には返す言葉がないのだった。

「とはいえ、この状態で今すぐに〈嘘殺し〉を始めてくださいと言うほど、私も鬼ではありません」

と、そんな海鳥の様子を眺めながら、でたらめちゃんはにこやかに続けてくる。

「まずは海鳥さんの心を落ち着かせるためにも、食事休憩でも入れませんか？」

「……食事休憩？」

「ええ、時間帯的にも、ちょうど晩ごはんのタイミングですしね。空腹のままでは、お二人も〈嘘殺し〉に集中できないでしょうし、この辺りでエネルギー補給といきましょう。あなたたち人間の言うところの、『腹が減っては戦が出来ぬ』というやつです」

「……はあ？」

唐突なでたらめちゃんの申し出に、海鳥は困惑の息を漏らしていた。「な、なにそれ？そんなこと急に言われても……今すぐに食べられるものなんて、この部屋には、炊飯器に炊いてあるお米くらいしかないんだけど」

「ああ、それについてはご心配なく。全て私に任せていただければ結構ですので」

と、そんな海鳥の反応など見透かしていたような調子で、でたらめちゃんは小ぶりな胸を張って提案してくる。

「これでも私、料理はかなり得意なんです。食材がないというのなら、今から近くのスーパーで何か買ってきますよ」

「……………えっ⁉」

その一言に、海鳥は衝撃を受けたように固まっていた。「……か、買い物？　でたらめちゃんが、今から？」

「ええ。ですからお二人はしばらくの間、この部屋で待っていてください……そうですね。30分ほどは掛かってしまうでしょうか」

「……………さ、30分って」

冗談じゃない、と海鳥は内心で叫んでいた。そんな長時間、今の奈良と二人きりにされるだなんて、拷問も良いところだ。「……わ、私もついていくよ、その買い物！」

「いいえ、結構です。子供じゃないんですから、お買い物なんて一人で十分ですよ」

「い、いやでも、三人分の食材ってかなり重たいと思うし……そ、そもそもでたらめちゃん、お金とか持ってるの？」

「ええ、それはもちろん」

でたらめちゃんは当たり前のように言いながら、パーカーのポケットから、可愛らしい二つ折り財布（ネコの刺繍が入っている）を取り出してみせる。

「ね？　この通りです。巻き込んでしまったお詫びも兼ねて、今回は私が全額払いますので、お気遣いいただかなくて結構ですよ」

「――っ⁉　な、なんで持ってるの⁉　でたらめちゃん、人間じゃないんでしょ⁉」

「ははは。海鳥さん、私は人間そっくりに化けられるんですよ？　合法的にお金を稼ぐ手段なんて、いくらでもあるじゃないですか」

けらけらと笑いつつ、財布を再びポケットに仕舞うでたらめちゃん。

「十年以上も人間社会に溶け込んで生活するとなると、ある程度お金を持っていた方が、色々と便利なんですよね～。そして私は人間じゃありませんから、三人分の食材くらい楽勝で持ち運べます。荷物持ちも必要ありません」

「…………っ！」

「そういう訳です、海鳥さん。奈良さんとのはじめての『おうちデート』、存分に楽しんでくださいね――それでは、また30分後に」

と、それだけ言い残して、彼女は本当に部屋を出て行ってしまうのだった。

「…………」

「…………」

直後、地獄のような沈黙が部屋の中を支配する。

海鳥(うみどり)も奈良(なら)も、お互いに身動き一つ取ろうとしない——少なくとも海鳥の方は、動きたくても動けない。物理的な距離は限りなく近いのだが、むしろそのせいで、この空間の気まずさが余計に助長させられているようだった。

今、彼女は何を考えているのだろう？ 海鳥は奈良の様子を窺(うかが)いながら、思考を巡らせる。しかし、やはり無表情で明後日(あさって)の方向を見つめ続けている奈良からは、なんの感情も読み取ることが出来なかった。普段は人並み以上に饒舌(じょうぜつ)な彼女だが、一度こうして黙り込まれると、途端に何を考えているのか分からなくなるのだ。

海鳥としては、今すぐにでも立ち上がって、部屋の外に逃げ出したい気持ちでいっぱいである……本当に、どうしてこんなことになってしまったのだろう？ ほんの少し前まで海鳥は、まさにこの部屋で奈良の鉛筆かけごはんを堪能して、悦に入っていたというのに。

——と、そのときである。

「——！」

不意に海鳥のスカートのポケットの中で、スマートフォンが振動していた。海鳥は驚いてポケットに手を入れ、スマートフォンを取り出す。どうやら、メッセージを受信したらしい。

「………？」海鳥のアドレスを知っている人間はごく僅かだ。日常的にメッセージを交わす相手など、それこそ目の前に座っている奈良くらいしかいない。一体誰からだろう？

海鳥はすぐに送信元を確認しようとして――

「――きゃっ!?」

彼女は悲鳴と共に、手に持っていたスマートフォンを床に落としてしまっていた。

スマートフォンを持ってなど、いられなかった。

――海鳥が手元に気を取られた一瞬の隙を突くようにして、傍らの奈良が、彼女の身体に突然抱き付いてきていたからだ。

「えっ？　えっ？　な、なに？」

「………………」

奈良は何も答えない。

ただ無言で、ぎゅうう、と海鳥の身体を抱きしめてくる……ちなみに二人の体格差的に、奈良の頭は、海鳥の胸の谷間にすっぽりと埋もれるような形になってしまっている。

「……ねえ海鳥」

と、顔を胸に埋めたままで、奈良は口を開いて、

「キミ、私が何に対して怒っているか、ちゃんと分かってる？」

「……え？」

そう端的に問い掛けられて、海鳥は当惑した様子で、奈良の後頭部のつむじを見返して

いた。

「ちょ、ちょっと待って、急になに？　っていうか、なんでいきなりハグ……？」

「……はあ？　なに？　私がキミにハグをしたらいけないっての？」

奈良は何故かキレ気味に答えてくる。

「御託はいいから、さっさと質問に答えなよ——確かにキミのお察しの通り、今の私は相当におかんむりだけどさ。ぶちギレているんだけどさ。それじゃあ具体的に、私が『何』に対して怒っているのか、キミは当然理解できているんだよね？」

「……え、ええ？」

どこまでも突拍子もない奈良の物言いに、海鳥はもはや訳が分からないという風に、声音を震わせながら、「そ、それは……だから、これまでも散々話に出て来た通りでしょ？　私があなたに無断で、あなたの鉛筆を盗んでごはんにかけて食べるなんていう、気色の悪い行為に及んでいたから——」

「いいや、全然違うよ」

「——え？」

「全然、微塵も、これっぽっちも正解じゃない。まったく呆れたね海鳥。やっぱりキミ、そんな阿呆みたいな勘違いをしていたんだ。

私をあんまりみくびるなよ、海鳥。キミに他人の指紋を食べるマニアックな趣味があろうと、その対象が私だろうと、そんな程度のことで、私がキミを嫌いになったりするもんかよ」

「…………は？」

そうはっきりと言い切られて、海鳥は唖然とした息を漏らしていた。

「……な、なにそれ？　どういうこと？　鉛筆については怒ってない？」

「ああ、何度だって言ってあげるさ。私はそんなこと、一ミリたりとも気にしていないんだって——当然、その行為をずっと私に隠していたことについても怒っちゃいないよ。それはキミにしてみれば、簡単に打ち明けられるようなことじゃなかっただろうからね。……そう、許せていた。本来なら、私は全部許せていたんだよ、海鳥」

奈良は悲しそうに言う。

「私はキミが鉛筆泥棒だったことに対して怒っているんじゃないんだ。私が許せないのは、たった一つ……キミが私を、友達じゃないと言ったことさ」

「——え？」

「『ある一定値』のギリギリ下の関係でしかない、なんて、よくもあんな酷いことが言えたものだよね。私は目の前が真っ暗になるような気分だったよ。

この一年間、仲良しのクラスメイトとして、私の方はそれなりに楽しくやってきたつもりだったのに……キミにしてみれば私は、ただ自分の欲望を満たすためだけの、都合のいいはけ口でしかなかったわけだ」

「………」

「高校生にもなって、鉛筆を使っている人間なんて、うちの学校じゃ私くらいだもんな……未だに信じたくないよ。私があんなにも心地いいと感じていたキミとの時間も、キミにとっては、ただの憶劫でしかなかったなんて。キミが私を好きなんじゃなく、ただ私の、指紋を食べたかっただけなんて」

「……奈良」

言われて、海鳥はハッとしたように、奈良の小さな頭を見下ろしていた。

「本当に大馬鹿野郎だよ、海鳥は……私は絶対にキミを許さないぜ。キミなんか、鉛筆の食べ過ぎで黒鉛中毒にでもなって、緊急入院させられちまえばいいのさ……」

「………」

ぎゅううう……と、どこまでも力強く抱き付いてくる奈良に、海鳥はしばらく言葉を返すことが出来なかった。

こんな奈良の姿を見るのは、この一年で初めてのことだった。

普段の彼女は、どれだけ落ち込んでいようと、こんなにも悲しそうな声は出さない。

普段の彼女は、こんな赤ん坊みたいに海鳥に抱き付いてきたりはしない。

「……ご、ごめんなさい奈良。私、あの一言で、あなたをそこまで傷付けてしまっていたなんて、考えもしてなくて」

ややあって、海鳥はおずおずと口を開いていた。

「……。でも、ちょっと待って。そのことについては、この場で一回補足させてほしいよ」

「……補足？」

「別に言い訳したいわけじゃないんだけど、多分そこには、少なからず誤解も含まれていると思うから」

「…………？」

胸の谷間から頭を外して、無表情で海鳥を見上げてくる奈良。そんな彼女に対して、海鳥は頷き返して、

「確かに私は、奈良を友達だと思ったことはないよ？　一回もない。それは嘘じゃない」

「……うん、さっき聞いたけど」

「――でも、好きじゃないとも言っていない」

「……え？」

「私は奈良のことを好きじゃないなんて、一言も言った覚えはないよ」

海鳥は力強く告げていた。

……が、告げてから、なにやら決まりが悪そうに視線を彷徨わせて、

「そうは言っても、奈良を友達と思ったことは、やっぱり一度もないんだけどね……」

「……どういうこと？」

「奈良ってさ。私にとっては、生まれて初めて自分と仲良くしてくれた女の子なんだよね。中学までは私、いつも一人ぼっちで、日常的にお喋りできるような相手なんて、一人も作れなかったから。

　だから私にとっても、奈良と隣同士の席でお喋りする時間は、かけがえのないものだったよ。真顔でくだらない冗談ばかり言うあなたとの会話が、私には心地よくて仕方なかった。本当なら教室だけと言わず、放課後も町に出掛けたり、休日はお互いの部屋に呼び合ってみたり、してみたかった……まあ鉛筆の件があるから、奈良を私の部屋に呼ぶことは、やっぱり難しかったのかもしれないけど」

「……でも、私のことをあくまで友達だとは思わないんだよね？」

「……うん」

海鳥はこくん、と頷いて、

「だって……奈良が私のことを、友達だって思っているっぽかったから」

「…………は？」

「だから、お互いに友達だって思ったら、それはもう友達だから。それだと関係が近すぎて、私の迂闊な一言で、奈良を傷付けてしまうかもしれないって、怖くなって……私は我慢したんだよ。奈良を友達だって思うことをさ」

「……海鳥」

「私、寂しかったんだ」

海鳥はか細い声で呟く。「学校ではずっと居場所がなくて、友達がほしくて仕方なかったけど、そんなもの私には作れなかったから。それでも私は寂しくて、どうしても誰かに干渉したくて、それで──」

「……鉛筆を盗んだのかい？」

と、ようやく合点が行ったという風に、奈良が言葉を挟んできていた。

「つまり指紋を食べることは、他人と思うようなコミュニケーションを取ることが出来ない海鳥なりの、『代償行為』ってわけ？」

「……指紋を食べたからって、その人と本当の意味で干渉し合えているわけじゃないって、そんなことは私にだって分かっていたけどね。実際、鉛筆をどれだけ食べても、私は空しいままだったけど……それでも、寂しさを紛らわせることは出来たから」

「……」

「一応、大人になるにつれ、鉛筆をすり替える頻度自体は減って来ていたんだけどね。『他人様の私物を勝手にすり替えるなんて、やっぱり良くないことだ！』って、私なりに反省してさ。だから中三の頃なんか、それこそ一本の鉛筆も盗まなかったよ。

　だけど高校に入って、奈良に出会って、いつの間にか私は昔に戻っていたの。気が付いたら、あなたの鉛筆をごはんにかけて食べている私がいた。それで奈良と、『友達』みたいなコミュニケーションを取れているつもりでいたんだ……馬鹿だよね。そんな訳ないのにね」

海鳥はそして、力なく続ける。「だから、私が奈良のことを好きだっていうのは、間違いなく本当のことだよ。私は友達の鉛筆なんて盗まないけど、好きじゃない人の鉛筆なんて、もっと盗まないから」

「…………」

「…………」

「…………。あの、っていうか、いつまで私に抱き付いてるの、奈良？」

と、若干の沈黙のあと、気まずそうに海鳥は尋ねていた。

「こ、こんなに長い時間くっつかれていたら、流石に私も恥ずかしいんだけど……」

「……うん、そうだね」

奈良は淡々と答えつつ——しかし言葉とは裏腹に、何故か海鳥の胸にすっぽりと顔を埋め直して、「離れたいのはやまやまなんだけど……今すぐというのは、ちょっと難しいかもしれないな」

「え？　な、なんで？」

「キミのおっぱいに顔を埋めるのが心地よ過ぎて、離れられないから」

「……は？」

「軽い気持ちで抱き付いてみたんだけど、ヤバいねこれ」

真面目な口調で奈良は言う。「大きさといい、柔らかさといい、一度嵌ってしまったらもう抜け出せないよ。さながらこたつみたいなおっぱいじゃないか」

「……っ⁉　ちょ、ちょっと奈良、急に何言い出すの⁉」

　かああ……！　と海鳥は頬を紅潮させて、

「さ、さっきからやたらと私の胸の中で頭もぞもぞさせていると思ったら……へ、変な品評始めないでよ！　なんなの、こたつみたいなおっぱいって⁉」

「いや、前々から一度触ってみたいとは思っていたんだよね。でもキミとは学校以外でそんなに会うこともないし、教室でそういうことを頼むのもどうかと思って、ずっと機会を窺っていたんだよ……ようやくその機会に恵まれたね。これだけでもう、今日キミの部屋を訪ねたことに対する元は取れたというものさ。

　――そういえば、さっきトイレの外で、キミとでたらめちゃんの会話を聞いているときにさ。キミが鉛筆泥棒だった件と、でたらめちゃんが人間ではなかった件、それから私が〈嘘憑き〉であったらしい件と同じくらい衝撃を受けたのが、キミのスリーサイズだったよ。バスト98㎝って、キミはグラビアアイドルか何かなのかい？」

「……っ！　だ、だから、からかわないでったら奈良！　私、この身長の高さとか、他人より脂肪のつきやすい体質のこととか、普通に気にしているんだから……！」

「……はあ？　なに言ってるの海鳥？　キミはこの体型だから魅力的なんじゃないか」

奈良は呆れたように溜め息をついて、

「本当にキミは何も分かっていないんだね。自分の外見の魅力についても——自分の内面の魅力についても」

「え？」

「私がどれだけ海鳥のことを好きなのかについても、キミはどうせ、ぜんぜん分かってくれていないんだろう？」

それは、拗ねた子供のような口調だった。

「……奈良？」

「……本当にずるいよね、海鳥って。〈本音の刃〉って。『あの子を友達と思ったことはない』なんて、最低の裏切り発言をされちまって、もうしばらくは怒ったままでいたいのにさ。キミに『好き』って言われるだけで、こっちはもう、それを信じないわけにはいかなくなるんだもの。『なんだ、やっぱりこの子は私のことを好きでいてくれたんだ、良かった』って、一安心するしかなくなっちゃうんだもの……」

そう語る奈良の声音には、心の底からの恨めしさが滲んでいるようだった。

「ところで海鳥。私たちが初めて会った日のこと、覚えている？」

「え？」

「ちょうど一年前の四月に、駅前のベンチに座っていた私に、海鳥が声をかけてくれたんだけど」

「……あ、ああ、うん。あったねそんなこと」

海鳥は頷き返して、

「確か、お好み焼きを食べに行ったんだっけ？」

「うん、そうだよ。それで二人ともモダン焼きを頼んで食べたのさ。美味しかったよね」

「……え？　いや、何を頼んだかまでは流石に覚えてないけど」

「私は全部覚えているよ」

奈良は懐かしそうに言う。「なにせあれは私にとって、『人前で泣くほど落ち込む』なんていう、人生初の経験をした夜だったからね……」

「……ああ」

言われて、海鳥も思い出す。彼女の無表情を伝っていた、一筋の涙を。

「私はあの夜のことを、本当によく憶えているんだよ。お好み焼き屋のカウンター席で子供みたいに凹み続ける私を、キミは本当に元気よく、力強く励ましてくれたよね」

「……？　そ、そうだっけ？」

　言われて、海鳥は当時のことを思い出そうとする――が、なにせ一年も前の記憶である。奈良を駅前で見かけたときのことは、印象的だったのでよく憶えているが、その後のお好み焼きで奈良とどんな会話を交わしたかなど、ほとんど記憶に残っていなかった。

「ははっ、キミの方はあんまり憶えていないみたいだね。まあ、慰めた側からすればそんなものなのかもしれないけど――少なくとも私の方は、あの日キミに声をかけられて、本当に救われたんだぜ」

「え？」

「あんまり海鳥に詳しく話したことはないと思うけどさ。あの頃の私って、モデルの仕事に、結構『ガチ』で打ち込んでいたんだよね。自分の『夢』をどうにか形にしようって、私なりに必死に努力して……でも結果はほとんど出せなくて、三年で事務所をクビにされちまった。当時は本当に悲しかったし、それなりに絶望したものだったよ」

　奈良は当時のことを思い出したのか、一瞬だけ悲しそうに声のトーンを落としたが、

「だけどあのとき、海鳥が声をかけてくれたおかげで、私はすぐに立ち直れたんだ。一人ぼっちでただふさぎ込むだけだった筈の夜が、『幸せなお好み焼きの思い出』に上書きされてくれた。キミには本当、いくらお礼を言っても足りないくらいだよ」

「……な、なにそれ？　私別に、奈良と一緒にごはんを食べに行っただけで、大したことは何もしてないと思うんだけど」

「キミがそう思いたいなら、別にそれでもいいよ。とにかく、私の言いたいことは一つだけさ」

奈良はそして、なにやら言い聞かせるような口調で、海鳥に囁きかけてくるのだった。

「キミにどれだけマニアックな趣味があろうと、その程度じゃ絶対に嫌いにならないくらいには、私はキミの味方なんだぜ、ってこと。海鳥にも海鳥なりの事情があるんだろうけど、とにかくそのことだけは、絶対に忘れないでいてほしい」

「…………奈良」

「——はい、というわけで、この話はもうおしまいだね」

ぽん、と奈良は優しく海鳥の肩を叩いてから、今度こそ彼女の大きな胸から頭を外して、その場に立ち上がっていた。

「鉛筆泥棒の件については、もう金輪際言いっこなし。これで『仲直り』は完了。ここからはとことんまで、〈嘘殺し〉の方に集中するとしよう」

そう朗々と語る彼女の表情には、やはり何の色も浮かんでいない。完全に普段通り、という様子の——海鳥の良く知っている、いつもの奈良芳乃だった。

「ああ、そうそう。今からごはんを食べるっていうなら、親に連絡を入れておかないとね。今夜の夕飯はいらないってさ」

「……え？　ああ、うん、そうかもね」

「外に出て電話してくるから、ちょっと待っていてくれるかい？」

そう言って、早速玄関の方へと歩いていく奈良。そんな彼女の後ろ姿を見つめながら、海鳥はホッとしたように息を漏らしていた。

「…………はあ」

呆けたような表情で、海鳥は自分の胸元を見下ろす。彼女の胸の谷間には、奈良の綺麗な頭の感触が、温もりが、未だに残っているかのようだった。言うまでもなく、同級生の女の子にハグをされるなど、海鳥にとっては初めての経験である。

「…………」

そして、そんな奈良の温もりを感じながら。

海鳥は、たった今奈良がかけてくれた言葉の一つ一つを、咀嚼するように、ゆっくりと思い返していた。

「……前から思っていたけど、やっぱりちょっと変わっているよね、あの子。自分の鉛筆を盗んで食べていたような、気色の悪い女に、普通はハグなんて出来ないでしょ」

というか、実際に教室での彼女は、『鉛筆泥棒』のことを露骨に気味悪がっている様子だった。

そして彼女は今も別に、『鉛筆を食べる』という趣味そのものに理解を示してくれたわけでもないのだろう。

ただ——その気味悪がっていた『鉛筆泥棒』が、海鳥東月だと知れたから、あっさりと許してくれた、というだけの話なのだ。

「……もしも奈良と、本当に友達になれたなら、きっと凄く凄く凄く楽しいんだろうな」

海鳥は夢想する。

放課後も一緒に出掛けたり、休日はお互いの部屋に呼び合ってみたり……そんな『普通の友達同士』のような時間を、隣の席の彼女と過ごすことを。

もちろん、それは海鳥が嘘を吐けない限り、どこまで行っても夢物語でしかないのだが。

「……でも、私が嘘を吐けるようになったら、そうじゃなくなるんだよね」

——〈嘘憑き〉に叶えられない願いなんて、この世には一つとして存在しないのですよ、海鳥さん。あなたが嘘を吐けずに苦しんでいるというのなら、どこかの〈嘘憑き〉に、その体質を治してもらえばいいだけの話なのです。

……本当にそんなことがあるのだろうか？　少なくとも、あのでたらめちゃんの語った言葉である以上、簡単に信用はできない。そもそも海鳥は、『嘘が世界をねつ造してしまう』という前提条件すら、まだ完全には呑み込めていないのだ。

だが、それでも——一％でも可能性があるというのなら。嘘を吐けるようになるかもしれないというのなら。

でたらめちゃんの言う、〈嘘殺し〉とやらに協力してあげても、いいのかもしれない。

……と言っても、未だに海鳥は、『嘘を吐けない自分が〈嘘殺し〉の役に立つ』という彼女の理屈には、いまいち納得を得られていないのだけど。

「……あ、そういえば」

と、そこまで考えたところで、海鳥は思い出す。

奈良にハグされる直前、彼女のスマートフォンが謎のメッセージを受信していたことを。そして、まだその中身を確認しておらず、スマートフォン本体も床に落としたままだったことを。

そもそも、誰からのメールだったのだろう？　海鳥はぼんやりと思考しながら、床のスマートフォンを拾い上げて、

「…………ええ？」

画面に浮かんでいた送信者名の表示に、思わずそんな声を漏らしていた。

『でたらめちゃん』。件名はなし。

「……なんであの子、私のアドレス知ってるの？」

困惑したように言いつつ、海鳥はそのメッセージを開く……恐らくは、奈良との会話の進捗を窺うような内容だろう。あるいは、〈嘘殺し〉について、まだ何か説明し忘れた部分でもあったのかもしれないが……。

「…………は？」

だが、メッセージ画面を開いた途端、海鳥の目に飛び込んできたのは、まるで彼女の予想だにしなかった文面だった。

メッセージの冒頭には、こう書かれている。

【奈良芳乃を信用するな。彼女は嘘を吐いている】

【奈良さんは敵です】

【そう考えた方がいいでしょう】

【理由を説明します】

【確かに先ほどの奈良さんは、自分の嘘を殺すことに協力する姿勢を見せてくれました。味方になると言ってくれました】

【ですが海鳥さん――あれは恐らく、全て嘘です】

【心当たりがない？　無意識に嘘を吐いた？　自分の無意識が、世界をねつ造してしまうのが怖い？】

【ええ、海鳥さん。そんな訳がないんです】

【無意識で吐いた嘘が、あそこまで強大化するなんて、有り得ません】

【彼女には間違いなく『心当たり』があります】

【そして、私たちを騙すつもりでいます】

【ずっと願い続けていたものが叶うと言われたから。何がなんでも、それを叶えようとしているのです】

【奈良さんが殺そうとしているのは、自分に憑いた嘘などではなく、私です】

【私の寿命が尽きるまで、知らない振りを突き通して、やり過ごす気でいるのでしょう】

【だからこそ私たちは、私の寿命が尽きる前に、奈良さんの嘘を仕留めなくてはいけません】

【狙うべきポイントはただ一つです】

【奈良芳乃はどんな嘘を吐いたのか？】

【それさえ分かれば、もう勝ったも同然です】

【彼女が何を叶えたいのか、何を求めているのかを知れば、その想いを殺すなんて容易ですからね】

【現時点で、大まかな予想を立てることも出来ます】

【恐らくは『容姿』に関することでしょう】

【奈良さんの美貌は常軌を逸しています。行き過ぎるほどに、彼女は美少女です】

【何かを『持ち過ぎている』人間というのは、普通に生きているだけでも摩擦を生むもの

です――彼女は果たして、自分の美貌のことをどう思っているんでしょうね？】

【考えるべきはそこです】

【そこを中心に推理してください】

【答えが見つかったなら、嘘もきっと殺せる筈です】

【……最後に、海鳥さん】

【一つだけ、くれぐれもはっきりとさせておきたいことがあります】

【私たちは、絶対に奈良さんの嘘を殺さなくてはいけない、ということです】

【敗北はもちろんのこと、敗走すら私たちには許されていません】

【何故なら彼女は、〈嘘憑き〉なので】

【とにかく頭がおかしいので】

【危険人物なので】

【どれだけまともぶろうと、私の目は誤魔化せません。というのも、奈良さんは私の良く知る邪悪な〈嘘憑き〉どもと、非常に雰囲気が似通っているのです】

【邪悪な〈嘘憑き〉ども――やつらは、『世界の敵』です】

【私はやつらの恐ろしさを、誰よりもよく知っています】

【絶対に野放しにしてはいけません】

【……などと言っても、海鳥さんには納得していただけないかもしれませんね。曲がり形にも、あなたは奈良さんと、一年以上もお付き合いされてきたわけですから】

【奈良さんのことをよく知りもしない私からそんなことを言われても、簡単には受け入れられないという気持ちは、よく理解できます】

【ですが海鳥さん。よく考えてみてください】

【あなたは一体、奈良さんの何をどれだけ知っていると言うのです？】

【あの人が、これまでどういう人生を送ってきて、どういう風にその価値観を変容させてきたかなんて、海鳥さんには殆ど知る由もないことですよね？】

【それでも海鳥さんは、彼女がまともだと、頭がおかしくないと、危険人物ではないと言い切ることが出来ますか？】

【ええ、もちろん出来る筈がありませんよね】

【だって海鳥さんは】

【奈良さんのことなんて、本当は、何も知らないも同然なんですから】

4　老若男女無差別に、のべつまくなしに

「どうかしたの海鳥（うみどり）？」

――そう玄関口から声が響いて来た瞬間、海鳥はびくっ！　と全身を震わせていた。

「…………っ！」

弾（はじ）かれたように、彼女は玄関の方を振り向く――と同時に、手元のスマートフォンを即座にスリープさせて、丸テーブルの下へと仕舞（しま）い込（こ）んでいた。

「なんだか、えらく驚いているみたいだけど。よっぽど衝撃的なネットニュースでも流れて来たのかい？」

果たして声の主――奈良芳乃（ならよしの）は玄関で靴を脱ぎつつ、海鳥に対して、そう気だるげに語り掛けてくる。

「あ、そうそう。親の許可は無事に取れたよ。なんなら明日は土曜日だし、晩ごはんだけと言わず、相手の家で一泊して来てもいいってさ。

それから、相手の保護者の方にくれぐれもよろしく、とも言われたよ……ふふっ、流石（さすが）に私の母親も、娘が夜を過ごそうとしている相手の家に大人が一人もいないと知れば、そんな悠長なことも言っていられなくなるだろうけどね。色々と面倒くさいだろうと思って、

「その辺りは説明を省かせてもらったんだけどさ」

そう言って肩を竦めながら、奈良はすたすたと、海鳥の座る丸テーブルまで歩いてくる。

――やがて彼女は、テーブルを挟んで海鳥の真正面に、軽やかに腰を下ろしていた。

「よっこいしょ」

「…………」

だが、そんな奈良の語り掛けなど、今の海鳥には殆ど聞こえていないも同然である。

彼女の頭の中は、たった今でたらめちゃんから送られてきた、謎のメールの件でいっぱいだった。

――【奈良さんは敵です】

――【そして、私たちを騙すつもりでいます】

「……ちょっと海鳥、キミ本当に大丈夫かい？　冗談抜きで顔色が優れないみたいだけど」

「――え？」

「ひょっとしてでたらめちゃんから、『嘘』に関する重要な新情報でも送られてきた？」

「…………っ!?」

その何気ない一言に、海鳥の表情は、もはや取り繕いようのないほどに引きつってしまう。

「……………え？　な、なんで？」

「…………」

奈良は何も答えない。

彼女はやはり無表情で、じっと海鳥の方を見つめてきている。

「……いや、まあ、別になんでもいいんだけどさ」

と、数秒ほどそんな沈黙が続いた後、奈良は脱力したように息を吐いて、

「そんなことより海鳥。今の内に、私からキミに話しておきたいことがあるんだけど」

「……え？」

言われて、海鳥は驚いたように奈良の方を見返していた。

「……話しておきたいこと？」

「うん。と言っても、別に大した話じゃないよ。ちょっとした『昔話』を聞いてもらいたいというだけなんだ」

「……『昔話』？」

「ああ。私の『過去』さ」

奈良は頷き返して、「私、さっき親と電話しながら、色々と落ち着いて考えてみたんだけどさ。やっぱり『このこと』については、今の段階で、海鳥にも知っておいてもらった

方がいいと思うんだよね」

「……はあ？」

「そもそも性に合わないいんだよね。こんな風に、相手にペースを握られ続けるのって。ぼちぼちこの辺りが、私の方から主導権を奪いに行く、ちょうど良いタイミングなんじゃないのかなって」

「……⁇」

「ねえ海鳥。いきなりこんなこと言うのもなんだけどさ」

そして、海鳥の了承を待つまでもなく、奈良は一方的に語り始めるのだった。

「私って、本当に綺麗だよね」

「…………え？」

「自分で言うのもなんだけれど、あまりにもあまりにも綺麗すぎる。これほど綺麗な人間が、この世に存在していいのかと恐ろしくなるほどだ。

……ただ私は、時折不思議にも思うんだよ。これほどの美人に生まれて来てしまったという、事実そのものをさ。私はあくまでごく普通の家庭に生まれた、ごく普通の女の子の筈なのに、どうして顔面の造形だけがこれほど完璧なのか。それほど天文学的な幸運が、私みたいなごく普通の女の子の身に降りかかってもいいものなのだろうか、って。

ねえ、海鳥はどう思う？　どうして私は、こんなに美人なんだと思う？」

「………？」

そう尋ねられても、海鳥(うみどり)は訳が分からず、まぶたを瞬かせるばかりである。

「……い、いや、知らないけど、そんなこと。奈良(なら)の顔が綺麗(きれい)なのは、単純に奈良のお父さんとお母さんの顔がたまたま、良い具合に混ざり合ったってだけの話でしょ？」

「いいや、それは違うよ海鳥」

そんな海鳥の返答を、奈良は即座に否定していた。

「絶対にたまたまなんかじゃない。何の理由も必然性もないのに、人間の顔が、これほど美しく整うことなんて有り得ないんだよ。理論的に考えてね」

「……はあ？」

「だから私は、物心ついた頃からずっと、その理由や必然性が一体何なのかについて考えてきたんだよ。毎朝、鏡で自分の顔を眺めるたびにさ。ところで海鳥はノブレス・オブリージュという言葉は知っているかな？」

「……？　の、ノブレス、なに？」

「持てる者の責務、他人より秀でた人間は、その才覚や能力を用いて、社会のために奉仕する責任を負うということさ。私のような人間は、生まれついた時点で、何かしらの『使命』を神様から託されている。そしてそれを放棄することは、絶対に許されない。では、この『世界一の美貌』を与えられた、私の『使命』とはなんだろうか？　ここまで言えば、もう海鳥にも察しはつくよね？」

「…………い、いや、全然分からないけど」

「ずばり、施すことだよ。財を成した人間が貧しい人々に寄付をするのと同じことさ。誰よりも美しく生まれた私には、そうでない私以外の人間たちに、この美しさを配給する義務があるのさ」

「……あの、本当にさっきから何の話をしているの、奈良？」

たまりかねたように海鳥は尋ねる。すると奈良は、心底呆れたというように息を漏らして、

「まだ分からないのかい海鳥？　私はキミに、私の吐いた嘘の内容について教えてあげているんだよ」

と、あっけらかんとした声音で答えてきた。

……。……。……。

「…っ…!?!?!?」

途端、ぎょっとしたように引きつる海鳥の表情。「……え!?　は!?」

「といっても、その事実に気付いたところで、私の自力で『使命』を果たすことは遂に出来なかったんだけどね。中学を卒業する辺りまでは、私なりに一生懸命頑張ったものなんだけど、まるで上手くいかなかった。現実はそう甘くなかったってことさ。この世界は、

私の施しをにべもなく拒絶したんだ」

対して、やはり海鳥の反応などまるで無視したまま、奈良の語勢はどこまでも留まるところがない。「それで私は絶望して、もうそんな『使命』のことなんか忘れて、普通の女子高生として今日まで生き続けてきたんだよ。未だ胸の中で燻り続ける情動を、無理やり押し殺すようにしてね。だって、どれだけ私にとって『これが本当であってほしい』という願いごとでも、私の自力で実現不可能な以上は、もう諦める他ないんだから。

……だけど、もしも可能だったなら？　もしも、そんな夢物語を実現させるような力を、奇跡的にも手に入れることが出来たなら？　断言してもいい、きっと私は躊躇わないだろう――その力を用いて、この世界をねつ造してしまうことを」

「――奈良さんから離れてください、海鳥さん！」

と、その瞬間だった。

玄関口の方から、奈良の弁舌を無理やり遮るような、少女の一喝が響いてきていた。

「そんな近くにいたらダメです！」

でたらめちゃんである。

彼女はドアの前に立ち――その両手にスーパーのレジ袋を下げた状態で、奈良の方を睨みつけてきていた。「その人は、その人はもう……！」

「へえ、意外と早かったじゃないか、でたらめちゃん」

奈良はちらり、とでたらめちゃんの方に視線を向け返して、

「参ったな。出来ればキミが帰ってくる前に、キミの邪魔が入らない内に、事を済ませておきたかったんだけど……まあいいや、これで二度説明する手間が省けたというものだね」

「奈良さん、あなた……！」

「ふふ、今さらそんな怖い顔をしたって無意味だぜ。見た通り、もうとっくに手遅れなんだから」

奈良は言いながら、不意に片方の掌を掲げると、それを海鳥の顔の前にかざしてくる。

「…………え？」

「――さあ、受け取ってくれ海鳥。この世界で、私にねつ造される最初の一人は、きっとキミこそが相応しいんだろうから」

そして、次の瞬間、だった。

「――っ⁉」

――突如として海鳥の顔面に、信じられないほどの激痛が走っていた。

「い、痛いっ⁉」

弾かれたように、自らの顔面を押さえる海鳥。

「痛い痛い痛い痛い痛いっ……⁉」

それは海鳥がかつて味わったことのない、まるで顔面を刃物で滅茶苦茶に切り裂かれて

いるかのような、凄まじい痛みだった。とてもまともに座ってなどいられず、彼女は背中を丸めて、その場に蹲ってしまう。

「悪いね海鳥。痛いのは、多少は我慢してもらうしかないみたいなんだ」

と、そんな海鳥の頭上から、奈良は涼し気な口調で語り掛けてくる。

「でも痛いのは最初の一瞬だけで、今はもう何ともない筈だよ。もうとっくに、『施術』は済んでいるんだもの」

「………は、はあ!?」

だが、そう言われると確かに、最初に感じた痛みはもう随分と和らいでいるようだった。

海鳥は顔に手を添えたまま、恐る恐る、という風に頭を上げる。

「そら海鳥、こいつで顔を確認してみな」

奈良は言いながら、制服のポケットから、おもむろに手鏡を取り出していた。そしてそれを、海鳥の方に投げて寄越してくる。

「きっと面白いものが見られる筈だぜ」

「えっ……？　ちょ、ちょっと……」

自分の太もも目がけて降ってくるそれを、海鳥はほとんど反射的にキャッチしていた
……と、その拍子に、二つ折りの状態だった手鏡が開いてしまう。

そして、図らずも手鏡を覗き込むような格好になった海鳥の相貌が、鏡に映し出される。

「………は？」

直後、自らの瞳の中に飛び込んできた光景に、海鳥は愕然と息を漏らしていた。

「……っ⁉　な、なに⁉　なんなのこれ⁉」

彼女は食い入るように、鏡の中を覗き込む。

「わ、私の顔……私の顔が……！」

「ふふ、どうだい？　中々いい贈り物だろう？」

そんな海鳥の反応を観察しながら、奈良は満足そうな口調で言うのだった。

「つまりね海鳥。これが私の吐いた嘘なんだ」

◇◇◇◇

「──私が表情を浮かべない理由、ですか？」

苛立ったような声音で、奈良は尋ね返していた。

とはいえもちろん表情はない。

彼女は凍り付いたような無表情を浮かべたまま、つまらなそうに正面を見据えている
──しかし、その顔立ちは高校生の彼女と比べると、幾分かあどけないようにも感じられる。

「うん、答えてもらってもいいかな？」

対照的に、彼女の視線の先に座っている背広の男は、温和そうな表情を浮かべて奈良を見返していた。「別に緊張しているってわけじゃないんだろう？　キミは一次面接でも二次面接でも、ずっとそんな調子だったと面接官たちから聞かされているからね」

　とあるオフィスビルの一室、だった。

　壁や天井は真っ白に塗られていて、床には埃一つ落ちていない。そんな部屋の中央で、奈良芳乃は制服を着た状態でぽつんと一人、パイプ椅子に座らされている。

　尚、彼女が身につけている制服は県立いすずの宮高校のそれではない。それもその筈、この当時の彼女は、まだ中学に入学したばかりの12歳——海鳥東月と知り合う、およそ三年前の状態なのである。

「悪いね、変な質問をしてしまって。これでも僕、一応この事務所の社長だからさ。所属するタレントのことは、出来る限りなんでも知っておきたいんだよ」

「……はあ」

「別に深く考えて答える必要はないよ。この際だから言ってしまうけど、キミと契約を結ぶことは、もう決定しているようなものだからね」

　背広の男——自らを事務所の社長と名乗った彼は言いながら、正面の長テーブルに置いてある紙の資料に目を落として、

「奈良芳乃さん、モデルコース志望、市内の公立中学に通う一年生、今期のオーディショ

ンにおいては、ぶっちぎりナンバーワンの超絶美少女……なんて、これまでの面接官全員から最高評価を受け続けて来たのは知っていたけれど、僕も今日こうして実際のキミの容姿を目の当たりにして、度肝を抜かれたよ」

社長はまた目線を上げると、奈良の顔を眺め、感嘆したような息を漏らす。

「本当に、本当に本当に本当に、綺麗な顔だ。僕もこの業界にい続けて長いけれど、これまで嫌というほど顔立ちの整った子たちと仕事をしてきたけれど、流石にここまで欠点のない、完成された美人を見たことはないよ。キミと契約しない芸能事務所なんて、この世には存在しないんじゃないのかな？」

「ありがとうございます」

「だからこそ訊いておきたいんだよ、奈良芳乃さん。キミがどうして、芸能事務所の面接中であるにも拘わらず、そんな『ぶすっ！』とした表情を浮かべ続けているのかっていうことをさ。プライベートは別にそれでも構わないけれど、流石に仕事の最中までその調子だと、色々と問題が出て来るからね」

「いいえ、仕事の最中でも私は無表情ですよ」

と、やはり即答する奈良。

「……なんだって？」

「どうしても答える必要があるということですから、答えさせていただきますけど——私が表情を浮かべないのは、それが私にとって必要のないものだからです」

「……はあ？」

「さっき社長さんも仰っていたじゃないですか。私の顔は、どこにも欠点のない完成された美貌だって」

奈良はこくん、と頷いて、

「ええ、私も全くの同意見です。だからこそ、表情なんてものを浮かべるわけにはいかないんです。だって私の顔は、現時点で完璧に完全に完成されているんですから。これ以上余計なものを足してしまえば、それはもう完璧でも完全でもなくなってしまいます。『完成された美貌』ではなくなってしまいます。つまり私が表情を浮かべないのは、この私の美しさを、一ミリたりとも損なうことのないようにするためなのです」

「………………」

数秒ほど、言葉を失ったように黙り込む社長。「……いや、なに言ってるのキミ？　女の子が一番可愛く見えるのは、笑顔でいるときでしょ？」

「確かに、普通の女の子ならそうでしょうね」

奈良はまた頷き返す。

「けれど、この世界において、私だけは違います。笑顔なんて作ったところで、私が今以上に可愛くなることなんて有り得ません。だって私は今の段階で既に、『これ以上可愛くしようのない顔』なんですから」

「…………」

そう堂々と言い放つ奈良に、社長はもはやなんと突っ込めばいいのか分からない、という様子で、顔を引きつらせていた。

「……ま、まあ、多少の奇矯さは個性にもなるからね。質問を変えようか。そもそもキミ、どうしてモデルになりたいんだっけ？」

「自分の顔が綺麗だったからです」

奈良は逡巡なく答える。「運動の得意な子がスポーツ選手を目指したり、絵が得意な子がマンガ家を目指したりするのと、同じ理屈ですよ。私もこの顔の綺麗さを、何かに役立てられるんじゃないかと思って」

「あ、そう。そこは割と普通な理由なんだ」

ホッとしたように社長は息を漏らして、「うん、僕はぜんぜん良いと思うよ、その理由。自分の得意分野でお金を稼ぐというのは、誰にでも出来ることじゃないからね」

「お金？　いえ、別に私、お金はどうでもいいんですけど」

「……そうなの？　じゃあ、有名なファッションショーに出てみたいとか？」

「それも違います。もちろん、私の『使命』の達成のためには、それも有効な手段の一つではあるでしょうけど……」

「……『使命』？」

「はい、『使命』です」

奈良は堂々とした口調で言い切るのだった。

「私は自分の美しさを、世界中の人々に施さなければいけないので」

結局この社長面接を経て、奈良芳乃はこの芸能事務所に所属することになるわけだが

……しかし彼女を入所させるという社長の判断は、結果から言えば、完全に間違いだった。

彼はこの段階で、奈良芳乃を落としておくべきだった。

どれだけ容姿が整っていようと、最終面接においての彼女の言動に接した時点で、『なにかおかしい』と気付けなければいけなかったのだ。

そして、もしもこの時点でそれに気付けていれば、この後奈良芳乃によって引き起こされる、未曾有の大損害についても、回避することができていたかもしれない。

そう——彼女は『事件』を起こしたのだ。

「どういうことか説明してもらおうか、奈良さん……！」

社長面接より三年後。

重々しく、怒気を孕んだ声が社長室内に響いていた。「まさかキミ、最初からこれが狙

いだったのか……？」

その日の社長には、最終面接時の温和な雰囲気など見る影もなかった。彼は憤怒に満ち満ちた表情で、奈良の方を一心に睨みつけている。

――だが、当の奈良はどこ吹く風というように、やはりいつもの無表情で、ぼんやりと虚空を眺めているだけだった。

「最初からも何も、私は面接の時点で、全て正直にお話ししていた筈ですけど」

「……キミは、自分が何をしでかしたのか理解しているのか⁉　今回のことで、ウチの事務所は大損害を被ったんだよ⁉」

怒りを押し殺すような口調で言いながら、社長は引き出しから数枚の紙を引っ張り出し、机上に叩きつけてみせる。

「十六人だよ、十六人……！　十六人もの優秀なタレントたちが、キミのせいで、全員使い物にならなくなってしまったんだ……！」

机上に四散させられた用紙には、それぞれ人物の顔写真や、簡単なプロフィールなどの個人情報が記載されている。どうやらタレントの履歴書らしい。その数、全部で十六枚。そのほとんどが若い女性のものだったが……何枚かは、男性のものも含まれている。

奇妙なのは、その『顔写真』の部分だった。

十六枚の履歴書には、当然のことながら、それぞれ異なる名前、異なる生年月日、異ななるプロフィールが記載されているのだが……どういうわけか『顔写真』の部分だけ、十六枚とも同じものが張り付けられているのだ。

否、『同じもの』というのは正確ではない。

張り付けられていたのは、十六枚とも、奈良芳乃の顔だった。

女性だけでなく、男性も含めて、である。

「本当に何の前触れもなく、突然だったよ。彼ら彼女らが、キミとまったく同じ顔に整形して、事務所に現れたのは」

そのときのことを思い出したのか、苦虫を噛み潰したような顔になる社長。

「我々が気付いたときには、もう手遅れだった……理由を問い質すと、『被害者』たちは口を揃えてこう答えて来たよ。『自分たちも、奈良芳乃さんの顔を手に入れて、もっと美しくなりたかったからです』ってね」

「…………………」

「もう一度だけ訊くよ、奈良さん。キミは最初から、これが狙いだったのかい？」

「……ねえ社長さん」

と、奈良は静かに口を開いていた。「社長さんは、ノブレス・オブリージュという言葉をご存知ですか？」

「……は？」

「持てる者の責務、他人より秀でた人間は、その才覚や能力を用いて、社会のために奉仕する責任を負うということです。私のような特別な人間は、生まれついた時点で、何かしらの『使命』を神様から託されています。それを放棄することは、絶対に許されません。

　だとすれば社長さん。この『世界一の美貌』を与えられた私の『使命』とは、一体なんだと思いますか？」

「……キミは何を言っているんだ？」

「この際ですから、もう迂遠な言い回しは用いません。はっきりと分かり易く、真実をお伝えしますね」

　奈良は軽く息を吸い込むようにして、「私の誕生は、神様からのメッセージなんですよ、社長さん。もはや我々人類に、『容姿の差異』なんていう不毛極まりない概念は必要ない。人間の価値はあくまでも中身によって決められるべきなのに、生まれつきの外見までもが評価に加えられる社会なんて、絶対に間違っているんだって。

　そして、たぶん神様はこう考えてくださったんでしょうね——そんな下らない価値観にいつまでも囚われ続けている人類を、なんとか解放してやりたいけれど、どうすればそんなことが出来るんだろう？　人それぞれの容姿に違いなんてものがある時点で、差別というのは絶対に無くしようがない。どれだけ差別するなと説いても、『生まれつきの容姿』というものに特別な意味を見出している人類は、永遠にそこから脱却できない。

それならもう、全人類の容姿を、みんな同じにするしかない」

「…………はあ？」

「だから私は生まれてきたんですよ、社長さん。全人類を同じ顔に統一させるために。全人類を正しく整形させるための、『お手本』として」

「……？？？」

「神様の目論見は、きっとこんな具合でしょう。まず、およそどこにも欠点がないような、『これ以上可愛くしようのない顔』の持ち主をこの世に誕生させて、その人間にごくごく普通の日常生活を送らせるんです。すると当然の帰結として、その人間の美しい顔は、周囲の人間に知られることになりますよね？

そうすれば周囲の人間たちは、自然とこう考えるようになる筈です――ああ、なんて美しい顔なんだろう？ それに比べて、自分たちの顔は一体なんだ？ 恥ずかしい、あの世界一の美貌の持ち主が、羨ましくて仕方がない。あの美しさを自分も手に入れるためには、どうすればいい？

――簡単なことだ！ 自分たちも、あの子と同じ顔に整形すればいいんだ！ よし、整形しよう！」

奈良はそう畳みかけるように言い放った後、なにやら脱力したように息をついて、

「なんて、そんな思考を人々に植え付けるためだけに、私は『世界一の美少女』として生

まれてきたというわけですよ。それが私に課せられた『使命』なんです。とはいえ、全人類を自発的に整形させるだなんて、神様もかなりの無理難題を押し付けてくれたものだと思いますけどね。社長さんもそう思うでしょう？」

「…………あ、頭、おかしいんじゃないのか？」

果たして社長は、奈良の問いかけに、そう心からの一言を返していた。

「キミに憧れて、世界中の人間が、自発的に整形する？　ほ、本気で言っているのか？　そんなこと、ある筈ないだろう……！」

「ええ、もちろん理解していますよ。私の『使命』が、そう一筋縄で果たせるものじゃないってことはね」

奈良はふるふる、と首を横に振って、

「モデルの世界を志したのは、その『使命』を果たすのに一番効率的だと考えたからです。私がモデルとして、自分の美しさを世に振りまいたなら——きっと皆私に憧れて、私と同じ顔に整形したがるに違いないって思っていたので」

「……キミはそんな馬鹿なことが起こると、本気で信じていたと？」

「実際に起こったじゃないですか。三年がかりで、たった十六人ぽっちですけど」

そう言って、無表情に溜め息を漏らす奈良。「恐らく今回の十六人は、常人よりは遥かに容姿が整っているからこそ、つまり常人よりも美醜に拘泥しているからこそ、私との

『違い』をより深刻に受け止めてしまったんでしょうね」

「き、キミは申し訳ないと思わないのか？　キミのせいで、この子たちは親からもらった顔を永遠に失ってしまったんだよ？」

「私に言われても知りませんよそんなこと。言っときますけどね社長さん。私だって、それなりに損害を被ったんですよ？」

胡乱げに奈良は言葉を返す。

「この事務所のオーディションを受けることを決意したときには、まさかここまで目論見が外れるとは思っていませんでした。三年間も一生懸命に活動して、たったの十六人しか整形させることが出来ないだなんて、予想だにしていませんでした。本来なら、もうこの時点で、日本国民の九割方は私と同じ顔に整形されていた筈だったのに……！」

「──も、もういい！　これ以上キミと会話していると、こっちの頭がおかしくなってしまいそうだ！」

と、そんな奈良の弁舌を無理やり黙らせるように、社長は怒鳴り声を上げて、

「キミはクビだ、奈良芳乃！　仕事を取れないだけならまだしも、在籍しているだけで事務所に損害を与えるようなタレント、これ以上放置できるか！　そんなとち狂った『使命』とやらを果たしたいのなら、他所でやってくれ！」

「……ええ、元よりこちらもそのつもりでしたよ」

こちらも怒りを押し殺したような声で、奈良は答える。「これ以上、この仕事を続けていても、私の『使命』達成に役立つことはなさそうですから。契約の更新なんてこっちから願い下げです。今日まで、お世話になりました」

「――今にして思えば、私も子供過ぎたよね」

奈良は言う。

「私の個人的な考え方が、事務所の人たちに理解されるわけないことなんて、そもそも分かり切っていたことだったのにさ。いくら直接問い詰められたからって、あんな頭のおかしい奴(やつ)だと思われてしまうだろう内容を、わざわざ答える必要はないよね。今の私ならまず間違いなく、当たり障りのないことを答えて、お茶を濁すことだろうぜ」

彼女はそんな風に昔を懐かしむような口調で、自身の過去について延々と語り続けているのだが……海鳥(うみどり)の方には、そんなものをまともに聞いていられる余裕などなかった。

「……っ!? ……っ!?」

彼女の今の意識は、手鏡に釘(くぎ)づけである。

手鏡に映り込んだ、奈良芳乃とまったく同一である自らの容姿を眺めていても、まるで現実味を感じられない。ぺたぺた、と指で何度顔を触ろうと、それが自らの肉体の一部だとは、やはり思えなかった。というか、もしも髪型が元の黒髪ロングでなければ、鏡に映っているのが自分だとさえ判別できなかったかもしれない。

「さて、私の顔のつけ心地はどうだい、海鳥？」

と、そんな海鳥に対して、奈良は緊張感のない口調で言葉をかけてくる。

「気に入ってもらえたかな？　一応、見栄えの良さには相応の自信があるんだけど」

「……な、なに!?　なんなの!?　なんなのこれ!?」

今何が起こっているのか、自分は一体どうなってしまったのか、海鳥にはまるで理解が追い付かない。唯一理解できているのは、奈良に手で顔を覆われて激痛が走った途端、こんな顔にされてしまった、という事実だけである。

「一体どういうつもりですか、奈良さん？」

と、そんな海鳥の変貌ぶりを横目に捉えつつ、でたらめちゃんは、冷ややかに言葉を発していた。

――丸テーブルを囲むようにして、三人の少女たちは腰を下ろしている。悠然と座り込む奈良。鏡を食い入るように覗き込み続ける海鳥。そして、スーパーのレジ袋をテーブルの上に置いた状態で、物々しく奈良の方を睨み付けているでたらめちゃん。「私にはあなたの意図が、さっぱり読み取れないのですけど……」

「どういうつもりも何も、たった今話した通りだよ、でたらめちゃん。私の子供の頃からの夢は、全人類の容姿を私と同じ顔に整形させることだった。私の美貌を老若男女無差別に、のべつまくなしに配給して、この世界から容姿という概念そのものを廃絶させることだった。だから私はその夢を叶えるために、『これが本当であってほしい』を『本当』に変えるために、〈嘘憑き〉になった……と、いうことなんだろうぜ」

まるで他人事のように言いつつ、奈良はまた海鳥の方を見て、

「しかし、まさかその願いが本当に達成されてしまうだなんてね。なんだか夢を見ているような気分だよ。とても現実の出来事だとは思えない」

「……っ！　な、なに言ってるの、奈良!?」

薄気味の悪い目で見つめられて、絞り出すように海鳥は言葉を返していた。「ぜ、全人類の容姿を、奈良と同じに整形させる!?　そんなものが、そんなわけの分からないものが、あなたの『これが本当であってほしい』って願いごとだって言うの!?」

「ああ、そうだとも海鳥。これは私の心の底からの、本気の願い事だよ――だからさっき『嘘の内容について心当たりがない』なんて言ったのは、嘘ということだね。〈嘘憑き〉という存在について、でたらめちゃんから話を聞かされるまで、私が一ミリの知識も持ち合わせていなかったというのは、本当に本当だけど――あらましを聞かされた瞬間にはもう、私は自分が〈嘘憑き〉であると、私の吐いた嘘はこれ以外にないだろうと、完全に確信していたよ。そして、その嘘をキミたちに殺されたんじゃ堪らないから、あん

な風に適当なことを言って、煙に巻こうとしたというわけなのさ」

「……ちょ、ちょっと待ってよ奈良！　そんなの絶対におかしいってば……だって私、あなたにそんな願望があるだなんて、これまで一度も聞いたことないし……！」

「そりゃあ単に言わなかっただけだよ。特に訊かれもしなかったからね」

奈良はけろりとした声音で答えてくる。

「かく言う私も、キミが私の鉛筆を盗んで食べていることなんて、今日に至るまでこれっぽっちも気付いていなかったわけだからね。つまりそういうことさ、海鳥。私がキミの重大な秘密に気付けなかったように、キミが私の重大な秘密に気付けていなかったとしても、何の不思議もないんだよ」

「………………っ！」

そんな奈良の言葉を受けて、海鳥は、でたらめちゃんのメッセージに書かれていた文言を思い出さずにはいられなかった。

――【何故なら彼女は、〈嘘憑き〉なので】

――【とにかく頭がおかしいので】

――【危険人物なので】

――【あなたは一体、奈良さんの何をどれだけ知っているというのですか？】

「……私が訊いているのはそういうことではありませんよ、奈良さん」

と、しばらく黙っていたでたらめちゃんが、また口を開いて、

「私はね、なぜあなたが『自白』なんてしたのかっていうことをお尋ねしているんです」

「…………」

「奈良さん。あなた、自分が今何をしでかしたのか、理解出来ていますか？」

奈良の方を見つめながら、でたらめちゃんは静かに言葉をかけていく。「あなたは今、自分の嘘の内容を、『これが本当であってほしい』という想い（おも）の正体を、私たちに何もかも話してしまったんですよ？　こんなのはもう、自分で自分の急所を晒（さら）してしまったのと同じことです。ほとんど自殺行為と言っていい……」

でたらめちゃんは苦虫を噛（か）み潰（つぶ）したような顔になって、

「正直、私も迂闊（うかつ）でした。ついさっき奈良さんと海鳥さんを二人きりにしたのは、私という『敵』が舞台からいなくなることで、あなたが海鳥さんに対して『何らかのアクション』を起こしてくれるのでは、と期待したからです……まさか、ここまで滅茶苦茶（めちゃくちゃ）な、後先をまるで考えていないような暴挙に出られるとは思っていませんでした。もはや言い訳にしかなりませんが、もしもこうなると分かっていれば私だって、あなたたちを二人きりになんかさせませんでしたよ」

「……ふん、自殺行為、ね」

と、そんなでたらめちゃんの問いかけに、奈良は無表情で鼻を鳴らして、

「なるほど確かに、自分の嘘をガードしたいというなら、私は間違っても『自白』なんてすべきじゃなかったかもしれない。実際に当初の私は、自分の吐いた嘘の内容なんてまるで見当もつかない振りをして、でたらめちゃんの寿命が尽きるまでやり過ごすつもりだったわけだしね。だと言うのに、よりにもよって自分から嘘の内容を明かしてしまうだなんて、キミの言う通り、まさしく自殺行為もいいところだ」

「……もったいぶらないでください、奈良さん。私はだから、その理由が一体なんなのかを訊いていて——」

「それは私が、キミを殺したくないと思ってしまったからだよ」

「…………は？」

でたらめちゃんは虚を衝かれたように固まっていた。「……なんですって？」

「単純な理屈だよ、でたらめちゃん。キミが死ぬまで知らぬ振りをしてやり過ごすつもりだった私は……しかしそれではキミが死んでしまうことに気付いて、知らぬ振りをやめたというわけなのさ。

ねえでたらめちゃん。私たちはいわば、お互いに生きるか死ぬかの勝負をせざるを得ない、敵同士なわけだけどさ。私たちが選ぶことの出来る選択肢って、本当にそれだけなのかな？　私の嘘を殺さずに、キミも死なないで済む選択肢って、どこかにないものなのかな？」

「………何を言っているんですか、あなた？」

「例えば、こういうのはどうだろうか？　今回の〈嘘殺し〉は、もうここでおしまいってことにして——今からでも、また別のターゲットを探し出す、というのは」

「……別のターゲット？」

「キミにはまだ、一週間ほどの猶予が残されている筈だし、その嘘の匂いを嗅ぎ取る嗅覚を以てすれば、それも不可能じゃない筈だろう？　そして見つけ次第、私たち三人で力を合わせて、その嘘を食っちまうのさ」

「……はあ⁉」

「我ながら、いいアイディアだと思うんだよね、これ。キミと海鳥が協力して私の嘘を殺そうとするより、キミと海鳥と私が協力して他の嘘を殺そうとする方が、遥かに勝率が高いだろうことは間違いないんだから」

「………………」

でたらめちゃんは唖然としたように、奈良を見つめ返していた。

「……い、意味が分かりません。いきなり何を言い出すんですか、奈良さん？　それは確かに、理屈としてはそうでしょうけど……そんなことをしても、私が助かるだけで、奈良さん自身には何のメリットもないじゃないですか？」

「いいや、別にそんなことはないぜ、でたらめちゃん」

奈良は首を振って答えていた。

「だって、キミが死ななければ、海鳥東月は嘘を吐けるようになるんだろう？」

「……………えっ？」

驚いたように声を上げていたのは、海鳥だった。

二人が話している間も、ずっと鏡と睨めっこをしていた彼女だったが——淡々と言い放たれた奈良の言葉に、弾かれたように、その頭を上げていたのだ。

「つまり私がキミに『自白』をしたのは、それが理由ってことだよ、でたらめちゃん。私はキミを助けてあげたい。海鳥を救ってくれるかもしれない女の子を、出来れば見殺しになんかしたくない」

言いながら奈良は、ちらり、と海鳥の方に視線を向け返して、

「ねえ、海鳥。キミだって、でたらめちゃんに死なれたら困るよね？」

「…………」

海鳥は果たして、咄嗟に言葉を返すことができなかった。「な、なんで……？」ややあって絞り出すように発していたのは、そんな弱々しい問い掛け、である。

「はあ？　なんでって……だから私は、トイレのドアの向こう側で、キミたちの話を全部聞いていたんだってば。当然、キミがでたらめちゃんから持ちかけられた〈嘘殺し〉の報酬の中身だって知っているさ。海鳥、キミは自分が嘘を吐けるようになりたいから、彼女

に協力することにしたんだろう？　それは正直、私では絶対に力になれない問題だからね。私に出来るのは、あくまでも他人の顔に自分の顔を張り付けることだけだ。『海鳥を治療できる〈嘘憑き〉を探し出す』なんて芸当が可能なのは——確かに、嘘として十年以上も生き延びて来て、この場の誰よりも嘘について詳しい、でたらめちゃんくらいしかいないだろうさ」

「……い、いや、そういうことじゃなくて」

海鳥はふるふる、と首を横に振りつつ、奈良に尚も問い掛けていく。

「な、なんで奈良が、『でたらめちゃんに死なれたら私が困る』とか、そんな心配をしてくれるの？　別に私が嘘を吐けるようになろうと、なるまいと、奈良本人には一切何の関係もない話なのに……」

「……ええ？」

対して奈良は、そんな海鳥の問いかけに、困り果てたような声音を漏らしていた。

「いや、そんなこと訊かれても……『キミのことが好きだから』以外に、答えようがないんだけど」

「え？」

「むしろ他に、何か理由が必要なのかい？　さっきハグをしているときにも言った筈だよね？　私はキミの『味方』なんだぜって」

あっけらかんと奈良は言う。「好きな相手が本気で何かに困っているときに、何か力になってあげたいって思うのって、そんなに変な感情かな？」

「……奈良」

そう呟いて、呆けたように言葉を失う海鳥。

やはり無表情の奈良。

彼女たちは無言のまま、丸テーブルを挟んで、お互いに見つめ合う。

――一方のでたらめちゃんは、やはり警戒するような眼差しで、奈良の表情を窺い続けている。「……信じられません。本気で言っているんですか、奈良さん？　本当にあなたは、海鳥さんの力になりたいという理由以外に何の打算も目論見もなく、嘘の内容を自分から明らかにして、私に『和解』を持ちかけて来たと？」

「ああ、そうだともでたらめちゃん。まずは自分が自覚のある〈嘘憑き〉だと明かさないことには、キミとの交渉も何もないと思ったからね。

海鳥の顔を変えたのだって、その一環さ。口で説明するよりも、実際に『形』として見せた方が、私の嘘の内容を理解してもらいやすいだろうと思ってね」

「……その向こう見ずな行動の結果、自分の嘘が殺されることになったとしても、あなたは構わないと？」

「……。いいや、それはそれ、これはこれだよ」

探るようなでたらめちゃんの問いかけに、奈良はきっぱりと首を振り返して、

「私は今も変わらず、自分の嘘を守り抜く気でいるぜ——ただその決意と、『キミたちを助けてあげたい』という感情が、私の中では矛盾しないというだけの話なのさ」

「…………」

「で、どうなんだい？　結局キミは私と『和解』してくれるの？　してくれないの？」

「……で、できるわけないでしょう、そんなこと！」

声を荒らげるようにして、でたらめちゃんは答えていた。

「さっきあなた自身が言っていたように、私たちは敵同士、お互いに生きるか死ぬかしかないんです！　この期に及んで『和解』だなんて、ありえません！」

「……なんで？　別にそこまでして、私たちが敵対する理由ってなくない？　私はただ自分の嘘を守りたいだけで、キミは私以外の嘘でもお腹を満たせるなら、それでいい筈なんだから——」

「いいえ、違います。あなたの嘘でなくてはいけないんです！」

「……はあ？」

「私が死ぬとか、生きるとか、そんなことはもはやどうだっていいんですよ」

でたらめちゃんは言いながら、海鳥の方に——ついさきほど奈良によって変えられてしまった、海鳥の相貌へと視線を移して、

「『全世界の人間の顔を、自分と同じに整形させる』。ええ、あなたがこのような危険思想の持ち主であると知れた以上は、もう野放しにはしておけません。あなたの嘘は、絶対にこの場で殺さなくてはなりません。でなければ奈良さんは、本当に『世界の敵』になってしまいます。『社会悪』になってしまいます……やつらと、同じになってしまいます」

何やら怒りを滲ませたような声音で、一方的に捲し立ててくるでたらめちゃん。

対する奈良は、無表情で首を傾げて、

「……？　いや、何を言われているのか、まったく意味が分からないんだけど。『世界の敵』？　『社会悪』？　やつらって、誰のこと？」

「……それは」

と、でたらめちゃんがそこまで言いかけた、その瞬間だった。

――ピンポーン。

と、インターホンの鳴らされる音が、部屋中に響いていた。

5　敗北者

今日、生きるか死ぬか。

食うか食われるか。

誰にも頼らず、甘えず、たった一匹で生き抜いていく。

それが自らの〈嘘憑き〉に見捨てられた野良ネコ少女、でたらめちゃんに課せられた宿命であり、『日常』だった。


「はあっ、はあっ、はあっ……！」

でたらめちゃんが海鳥東月の自宅を訪れる、一年ほど前のこと。

某県、某市、某市街地にて。

夜の繁華街の路地裏を、でたらめちゃんは傷だらけで歩いていた。

「よ、良かった……今回の〈嘘殺し〉も、ギリギリ上手くいきました……」

足元をふらつかせながら、息も絶え絶えといった様子で、彼女はそんな言葉を漏らす。

「正直、今回ばかりはもうダメかと思いましたよ……土壇場で相手の〈嘘憑き〉さんが想いを手放してくれていなければ、今ごろ私はこの世にいませんでしたね……」

夜の闇のせいで分かりにくいが、彼女のネコミミパーカーは相当ボロボロになっており、その服の隙間からは、ぽたぽた、と鮮血がしたたり落ちていた。

嘘であるでたらめちゃんは基本的に『不死身』であり、どれだけ肉体に傷を負おうと瞬時に回復させられる筈だったが――そんな回復能力も追い付かないほどに、今の彼女の負わされているダメージは深刻である、ということらしい。

「と、ともかくこれで、もう数ヶ月は生きられるというわけです……あはははは……助かりました……！」

そう独り言を呟く彼女の表情には、心の底からの安堵が浮かんでいる様子だった。

……が、不意に彼女は、真顔になって、

「……ははっ。今日も助かって、生き延びて、それが一体なんだっていうんでしょうね？」

と、なにやら自嘲するように呟いていた。

「来る日も来る日も来る日も、他の嘘を『ごはん』にすることばかり考えて……『死にたくない』なんていうしょうもない理由だけで、十年以上も生にしがみつき続けて……なんて見苦しいんでしょうか。自分のことながら、無様すぎてドン引きですよ、ふふっ……」

などと言いながらも、彼女はよたよたと歩き続けていたが――不意に足元をもつれさせ、バランスを崩して、近くにあった路地裏の壁に全身を激突させてしまう。

「あうっ！」

そのまま彼女は情けのない声を上げて、地面に転倒してしまった。

「……あー、もう最悪です」

うつ伏せに倒れながら、うんざりしたような声を漏らすでたらめちゃん。

「っていうか、このネコミミパーカー、いよいよダメっぽいですね。また新しいものを買い直さないといけません……」

――なお、そんな彼女を心配して駆け寄ってきたり、抱き起こしてくれたりするような人間は、当然のことながら、この路地裏には誰一人として存在していない。

ほんの数十メートル先には、大勢の人々の行き来する、きらびやかな表通りが見えているというのに。

たったその程度離れているというだけで、この薄暗く人気のない路地裏は、まるで別世界のように、冷たい雰囲気に包まれていた。

「………………」

でたらめちゃんは倒れ伏したまま、そんな表通りのキラキラとした灯り(あか)を、ぼんやりと眺めている。

「私も、もし人間の女の子だったら、普通に学校に通えていたりしたのかな……」

そんな彼女の弱々しい呟きも、やはり誰にも聞き届けられることはない。

――筈だった。

「へえ、面白いですね、あなた」

その声は、でたらめちゃんの真上から響いてきていた。

「人間の学校に通いたい、なんて……そんな人間みたいなことを宣う嘘に出会ったのは、これが初めてですよ」

「……え？」

果たして、そこに立っていたのは、一人の男だった。

黒髪、長身痩躯、年の頃は30代後半ほど。

コートのポケットに両手を突っ込み、微笑みを湛えて、足元のでたらめちゃんを見下ろしてきている。

「本当にあなたは、とことんまでイレギュラーな嘘のようですね、でたらめちゃん」

男は言う。

「普通の嘘は、『宿主』から見放された時点でゲームオーバーなのに……まさか『他の嘘をツギハギする』なんてユニークな方法で、無理やり命を繋げてしまうだなんて。それで実際に十年以上も根性で生き延びてしまうだなんて、ほとほと正気の沙汰とは思えません。驚嘆に値するほどの往生際の悪さですよ」

何よりも男の外見で印象的なのは、その帽子だった。

男は傷だらけの、汚らしい帽子を被っていた。夜の闇にどんよりと溶け込んでいる、見ているだけで気の滅入ってくるような、泥色の帽子。

「な、なんですかあなた⁉　誰ですか⁉　ど、どうして私の名前を知って……！」

寝転がった状態のままで、ぎょっとしたように男に尋ね返すでたらめちゃん。

果たして帽子の男は、そんな彼女の問いには直接答えず、こう告げ返していた。

「ねえ、でたらめちゃん。あなた、『俺たち』の仲間になる気はありませんか？」

「……え？」

「もしも仲間になってくれるなら、あなたはこの先一生、『ごはん』の心配をせずに済むようになりますよ？」

「…………なんですって？」


――それがでたらめちゃんと、彼女の言うところの、やつらとの出会いだった。

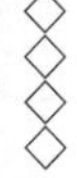

ピンポーン、という音が部屋中に鳴り響いていた。必然的に会話が途切れる。奈良は無表情でドアの方を見て、
「なに？　来客？　こんな時間に？」
と、そう鬱陶しそうに呟いていた。「人が大事な話をしている最中に……海鳥、心当た

りある？」

「……い、いや、全然ないけど」

問い掛けられて、首を傾げながら答える海鳥。

「私、普段から近所づきあいとかまったくしていないし……他の部屋のインターホンと押し間違えたんじゃない？」

——ピンポーン、ピンポーン、ピンポーン。

が、そんな海鳥の言葉を即座に否定するかのように、今度は三連続で部屋のインターホンが鳴らされる。

「ちょっと海鳥。まさかキミ、家賃の滞納でもしているんじゃないの？」

「いや私そんなこと一回もしたことないから——」

再びの奈良の問い掛けに、海鳥はまたも否定の言葉を返そうとしたが、その途中で、

「…………？」

視界の端に捉えたでたらめちゃんの姿に、思わず口をつぐんでいた。

——彼女はなにやら真っ青になって、明らかに動揺した様子で、俯いていたのだ。

「……でたらめちゃん？」

「…………嘘でしょ」

か細い声音で、彼女は呟く。

「なんで、話に出そうとしたばっかりのタイミングで……こんな、狙い澄ましたみたいに……」

「………？」

――ピンポーン、ピンポーン、ピンポーン……。

と、またもインターホン。もはや何回連続と数えることもできない、続けざまの連打である。

「……ねえ海鳥。一応、ドアスコープを覗くだけでもしてみたら？」

流石の奈良も警戒したような口調で言う。

海鳥も頷き返して、「う、うん、そうだね……二人とも、ちょっと待ってて」と、その場からゆっくりと立ち上がろうとしたところで――

――ばぎんっ！

という轟音とともに、海鳥のマンションの部屋のドアが、吹き飛ばされていた。

「――え？」

呆然と声を漏らす海鳥。

彼女の視線の先に、たった今まで玄関に付属していた筈の鉄製のドアが、凄まじい勢いで吹き飛んでくる。巨大な鉄の塊は、そのままリビングの壁に衝突し、けたたましい衝撃音と共に、壁面に大きな傷をつけていた。

「…………は？」

何度か床の上を跳ねたのち、動かなくなったドアの残骸を眺めて、やはり間の抜けた声を漏らす海鳥。

「この部屋のベルは壊れているのか？」

そして、次の瞬間だった。

玄関の方から、まるで海鳥の聞き覚えのない、若い女の声が響いてきたのは。

「…………っ⁉」

反射的に声のする方を振り向いた海鳥は、驚愕と共に、言葉を失う。

果たして玄関口に立っていたのは、目の周囲を包帯でぐるぐるに巻き付けた、見知らぬ女だったのだ。

「私が何度もベルを鳴らしたのが聞こえなかったのか？　まるで反応がないものだから、ついドアごと破壊してしまったぞ」

紫の髪。

病院で検査を受けるときに身に着けるような、薄布の寝間着のような衣服。

背丈は海鳥よりも少し低い程度。

当然のように土足のままで、マンションのフローリングを踏みつけにしている。

「…………だ、誰？」

数瞬の沈黙のあと、ごくごく当然の一言を海鳥は口に出していた。

――一体誰だ、この女は？

「なるほど。この部屋の中は、こういう状態になっていたわけか」

対して謎の包帯女は、そんな海鳥の呟きなど聞こえてもいないという風に、ぐるりと――包帯で視界を完全に覆い尽くした状態で――マンションの室内を見渡して、

「どうりで見つけやすかった筈だ。強烈な嘘の匂いが立ち込めている。どうやらこの部屋のどこかに、〈嘘憑き〉がいるらしいな」

「……え？」

「いや、『どこか』ではないな。これだけ近くで匂いを嗅ぐことが出来るのだから、間違えようがない」

言いながら包帯女は、かつかつと靴音を鳴らしつつ、丸テーブルの前へと歩み寄ってきて、

「つまりお前が〈嘘憑き〉ということだ。当たっているだろう？」

立ち止まり、足元の奈良芳乃に向けて、そう語り掛けてきた。

「…………は？」

奈良は無表情で謎の包帯女を見上げながら、呆然としたような声を漏らす。

さしもの彼女も海鳥と同じく、突如として出現した謎の人物に対して、理解が追い付い

ていないらしい。

「ふん。それもこれほど強烈な嘘の匂い……滅多にお目にかかれないほどの上物だな。素晴らしい。私はお前のような人間が大好きだぞ。これからも、どんどん嘘を吐き散らかすといい」

果たして包帯女は、そう満足そうな口調で頷いたあと、

「だが、今日私が用のあるのはお前ではないのだ、人間」

――海鳥と奈良のちょうど間に座り込む、ネコミミパーカーの白髪少女の方に、顔を向け返していた。

「久しぶりだな、ネコ。息災だったか？」

「敗さん……」

でたらめちゃんは、無理やり繕ったような笑みを浮かべながら、謎の包帯女の方を見つめ返す。「どうして、ここに……？」

「ははっ、『どうして？』とはご挨拶だな。散々世話をしてやった『元・仲間』が訪ねて来たというのに、嬉しくないのか？」

包帯女――敗、と呼ばれた女は、口元を邪悪に歪ませて言葉を返していた。

「この恩知らずめ。まさか挨拶もなしに居なくなるとは思わなかったぞ。私はもう、悲しくて悲しくて……ついこんなところまで、お前を追いかけてきてしまったよ」

「………」

でたらめちゃんは顔を引きつらせたまま、しかしいつになく真剣な眼差しで、敗の方を注視し続けている。その額にはびっしりと脂汗が滲んでいるのだが、それを拭おうともしない。

「――ね、ねえ敗ちゃん」

と、更に玄関の方から、またも別の若い女の声が響いてくる。

「こ、これ、私もお部屋の中に入った方がいいのかな……？」

佇んでいたのは、ロングスカートを穿いた、20代半ばほどの女だった。

茶色の髪に、くりくりとした瞳。全体的に身体の線が細く、いかにも繊細そうで気も弱そうな、儚げな雰囲気の女性である。

彼女はどこか自信のなさそうな様子で、キョロキョロと忙しなく、部屋の中の様子を窺っている。

対して、呼びかけられた敗の方は、そんな女性の方をちらりとも見ずに、

「――疾川。お前という女は本当に救いようのない愚図だな、そんな程度のことすら、私に訊かなければ判断できないのか？」

と、威圧するような口調で言葉を返していた。「私が今まで、お前に『離れていてもいい』と許可したことがあったか？　いいから、今すぐに部屋の中に入ってこい」

「……う、うん、分かったよ」

言われて、疾川と呼ばれた女性は慌てたように室内に押し入り（彼女は玄関でちゃんと靴を脱いだ）、とたとたと、敗の元へと駆けよってくる。

「ちっ！　……いよいよ人を苛つかせることに関しては天才的だな、お前は。いつになったら、この私を不快にさせずに行動できるようになるんだ、ああ？」

「ご、ごめんなさい、敗ちゃん……」

「まったく、お前のような人間がパートナーというのは、私にとっての最大の汚点だよ」

「…………」

――そんな二人のやり取りを、海鳥はやはり呆然と眺めている。

まったく訳が分からなかった。

一体なんだ、この二人組は？

一体どこの誰で、どうやってドアを破壊して、どうしてこの部屋に入って来た？

「大丈夫ですよ、海鳥さん、奈良さん」

と、そんな海鳥の混乱を見透かしたように、でたらめちゃんが言葉をかけてくる。

「敗さんは、人間を殺すような真似は絶対にしません。大人しくしている限りにおいては、危害を加えられることは、たぶんない筈です」

彼女は冷静な口調で言うものの、その表情には、一切の余裕の色がなかった。「少なく

とも、お二人に関しては、ね……」

「……ほう。他の者にアドバイスとは、随分と余裕だな、ネコ。お前は今、自分がどういう状況に置かれているか、理解できていないのか？」

「………………」

でたらめちゃんと敗は、丸テーブルを挟んだ至近距離で、無言で睨み合う……張り詰めるような沈黙が数秒ほど続く。

「——うりゃあああ！」

果たして、先に動いたのはでたらめちゃんだった。

そうけたたましく叫びながら彼女は、丸テーブルの足首を掴んで——上に載せられていたスーパーのレジ袋ごと、敗に投げつけていた。

「……えっ⁉」

突然の出来事に、ぎょっとしたような声を漏らす海鳥。でたらめちゃんの真正面に立っていた敗の身体に、丸テーブルが直撃し、また凄まじい衝突音が鳴り響く。机上に載せられていたレジ袋が、四方にぶちまけられる。

「——っ！」

そして間髪いれずにでたらめちゃんは、その場から立ち上がると、敗の身体をかわすようにして、全速力で駆け出そうとする。

「――ぎゃっ!?」

だが、数歩ほど駆けたところで。

そんな短い悲鳴とともに、でたらめちゃんは動きを止め、その場に崩れ落ちてしまう。

――否、物理的に走れなくなった、と表現した方が正しいだろう。なぜなら彼女の両足首は、まるでピアノ線に引っかけられたかの如く、綺麗に切断されていたのだから。

「…………っ!?　い、いやあああああ!?」

金切り声を上げていたのは海鳥だった。彼女は両手で口元を押さえて、『たいら』になったでたらめちゃんの両足首を凝視する。「で、でたらめちゃん!?　な、なんで……どうして!?」

「……い、痛いっ！」

どくどく、と足首から大量の血を流しながら、苦悶の声を漏らすでたらめちゃん。「痛い、痛い、痛い、痛い、痛い……っ！」

「馬鹿が。逃がすわけがないだろうが」

そんなでたらめちゃんを見下ろすようにして、敗は冷ややかに言葉をかけるのだった。

ちなみに彼女の方は、丸テーブルの直撃を受けたというのに、まったくの無傷、である。

「いや、今のは逃げようとしたのではなく、私とそこの人間二人を、無理やり分断させようとしたのか？　なんでもいいが、とにかくせいぜい大人しくしていることだ。無駄に苦しみたくないのならな」

言いながら敗は、力なく地面に横たわっているでたらめちゃんの脚を、容赦なく踏みつけにしていた。

「ぎゃあっ⁉」

でたらめちゃんの口から、また虫の潰れたような、痛ましい悲鳴が漏れる。

「――っ！　ちょ、ちょっとあなた！　さっきから何をしているの！」

堪りかねたように声を上げていたのは海鳥だった。

「い、一体なんなのあなた⁉　突然現れて、でたらめちゃんにそんな酷いことをして……！　い、今すぐその子から離れて！」

状況は未ださっぱり飲み込めていない彼女だったが、それでも散々に痛めつけられているでたらめちゃんの姿に、意を決したようにその場から立ち上がろうとする――が。

「黙れ」

「……え？」

「口を開くな、人間。これはお前には何の関係もない話だ」

敗は海鳥の方を振り向きもせず、淡々と言葉をかけてくる。

「それとも、お前もこのネコと同じように、足首から先を切り落とされてみるか？」

――その声音は、およそ常人には発することのできないような、凍てつくような殺意に満ち溢れていた。

「ひっ⁉」

そんな剥き出しの殺意を当てられて、海鳥は情けのない悲鳴を上げて、その場に尻もちをついてしまう。「……っ⁉ ……っ⁉」

たったそれだけのことで、海鳥はぱくぱく、と口を動かすばかり、もはや二の句も継げなくなってしまっていた。全身が竦み上がって、上手く呼吸も出来ない。

――な、なにこの人⁉ めちゃくちゃ怖い⁉

「さて、いよいよ覚悟を決めるときだぞ、ネコ」

そんな風にあっけなく海鳥を黙らせた敗は、もはや彼女のことなど認識すらしていないという様子で、でたらめちゃんとの会話を再開させる。

「言っておくが、これは全てお前の自業自得だ――この『裏切り者』め。西日本まで逃げれば安全だとでも思ったか？ 生憎だが、たとえ地球の裏側まで逃げようと、私は必ずお前を追いつめてみせるからな」

「……っ！ どうして、ですか⁉」

ぐりぐり、と脚を踏みつけられ、痛ましい吐息を漏らしながらも、でたらめちゃんは気力を振り絞るようにして尋ね返す。「こ、こんなことを、あの男が指示するとは思えません！

あの男は、泥帽子は、私のやろうとすることに一々関与なんてしない筈です！　だから私が逃げたところで、すぐに追っ手を差し向けられるようなこともないと思っていたのに……それなのに、なんで⁉」

「……ふん、お前の言う通りだネコ。あの男は、お前の『裏切り』を知っても尚、追っ手を差し向けようなどとはしなかったよ」

でたらめちゃんの言葉に、敗は面白くなさそうに鼻を鳴らして、

「だからこれは、完全に私の独断だ。あの男の指示などではなく、あくまで私の自由意思で、お前の息の根を止めにきたということだ。私はお前が大嫌いだからな」

「………………っ！」

「前々から鼻持ちならなかった畜生を始末できる、ちょうどいい機会だと思ったのさ。もちろん泥帽子は私を止めようとはしなかったよ。あの男は、私のやることに一々関与などしないからな……！」

「……前から訊いてみたかったんですけど」

と、でたらめちゃんはうつ伏せに倒れたままで、尚も敗に問い掛ける。「どうして敗さんは、私のことがそこまで嫌いなんですか？　私、あなたに何かしましたっけ……？」

「――ふん、愚問だな」

敗はまたニタリと笑って、

「私はな、お前の存在そのものが癪に障るんだよ」

「……存在そのもの？」

「お前は嘘の面汚しだ、ネコ。お前のようなものが十年以上も永らえていることが、私には我慢ならないのだ」

そう吐き捨てるように言ってから、敗は四散したレジ袋の一つを蹴り付けて、

「例えば、この食材だ。大方これらを使って、料理でも作ろうと考えていたんだろう？お前は料理が大好きだったからな――くだらない。こんなものは人間の真似事に過ぎない。我々嘘には本来、食事など必要ないだろうが。

お前は人間もどきだ、ネコ。あまつさえ、人間と同じように死など恐れる。嘘の風上にも置けないとはまさにこのことだろう。私は到底お前のような在り方は看過できん……これ以上生き恥を晒すというのなら、今この場で、この私手ずから引導を渡してくれる」

そう一息に言い切って、敗はまたでたらめちゃんの下半身を踏みつけるのだった。

「…………～～～っ！」でたらめちゃんはもはや、あまりの痛みに、絶叫を上げることも出来ないらしい。

「おい、ちょっと待ちなよ」

――が、そんなときだった。

凛とした少女の声音が、室内に響いていたのは。

「いきなり部屋に入ってきて、好き放題に暴れ回って、なんなのキミ？」

奈良芳乃、である。

彼女はいつの間にか立ち上がっていて、やはりいつもの無表情で、敗の方を睨みつけていた。「取り敢えず、でたらめちゃんから離れてもらえるかな？」

「……なんだと？」

数瞬の後、敗は驚いたような声音を漏らしながら、奈良の方を振り向いてくる。

「キミが誰なのか、でたらめちゃんとどういう関係なのかは分からないけどさ。その子はたった今まで、私と大切な話をしている最中だったんだよね。用事があるというのなら、最低限、こっちの話のケリがついてからにしてほしいんだけど」

「……分からないというのはこちらの台詞だぞ。お前、このネコとどういう関係だ？　私が入ってくるまで、このネコと部屋の中で何をしていた？」

「それは――」

「いや、答えなくていい。訊かずとも大体の想像はつく。大方このネコは、お前の嘘を食おうとしていたんだろう？　こいつは他の嘘を食わなければ、自分の存在を維持することも出来ないような雑魚だからな」

敗はそこで、ニヤリ、と口元を歪めて、

「しかし、お前は本当に素晴らしい〈嘘憑き〉だな、人間。そんじょそこらの半端な〈嘘憑き〉どもとは、漂ってくる嘘の匂いのレベルが違う、ほれぼれするような『想い』の強さだ。なんならお前のことを、私から泥帽子に紹介してやろうか？」

「……え？」

「お前ほどの〈嘘憑き〉ならば、きっとあの男の眼鏡にも適うと思うが」

「……泥帽子？」

無表情で、戸惑ったような声音を漏らす奈良。「いや、誰だよそれ？」

「はっ。なんだお前、まだこのネコから聞かされていなかったのか？　あの男のことを——あの〈嘘活かし〉のことを」

「……⁇」

「まあ、とにかく少しだけ待っていろ。まずは何をおいても、このネコの始末をつけなくてはならんからな」

敗は言いながら、またでたらめちゃんの方に顔を向け直して、

「お前は、私がこのネコの息の根を止めるのを、ただ黙って見ているだけでいい。それが済んだら、この私が直々に、お前と泥帽子の顔つなぎをしてやらんこともない——なに、そう時間はかからんさ。一瞬で終わらせる」

「……はあ？　いや、だからちょっと待てって」

そんな風に一方的に会話を打ち切ろうとした敗の右肩を、奈良は苛立ったように掴んで

いた。

「こっちの話は、まだぜんぜん終わってないんだけど？」

「……どういうつもりだ、貴様？」

今度は振り向くこともせず、敗は冷ややかな声音で尋ね返してくる。

「どうしてこのネコを助けようとする？〈嘘憑き〉であるお前は、本来このネコとは、敵同士の筈だろうが」

「――ふんっ、そんなの知らないね！」

そんな敗の問いかけを、奈良は強い口調で撥ねのけていた。

「そんな理屈は今、どうでもいいんだよ。さっきとまったく同じことを繰り返すようだけど、私とでたらめちゃんは、大事な話をしている最中だったんだよね――それをキミみたいな訳の分からない女に割り込まれて、無理やり話を中断させられて、でたらめちゃんをそんな風に痛めつけられて！　黙って見ていられるわけないだろうがよ！」

「…………」

果たして敗は、奈良の言葉に、しばらくの間沈黙していたが、

「……なるほど。どうやら少しばかり、痛い目を見せてやる必要がありそうだな」

そう言って、自らの肩にかかった奈良の掌を、無造作に払いのけていた。

「覚悟しろ人間。この下等生物めが」

言いながら敗は、奈良の方を振り向いて、彼女の胸倉に掴みかかってくる。

「殺しはしないが——ギリギリ死なない程度に、もう二度と私に逆らえないくらいに痛め付けてやる。この私の手をほんの少しでも煩わせたことを、死ぬほど後悔させてやる」

「…………」

だが、間近でどれだけ凄まれようと、やはり奈良の表情筋は、一ミリたりとも揺らぐことはない。

そして、次の瞬間、だった。

——ぴしゃっ、という音と共に、周囲に大量の鮮血が撒き散らされていた。

「……な、に？」

ややあって、信じられない、といった声が漏れる。

だが——それは奈良芳乃の声ではない。

「な、んだ、これは……？」

全身に突き刺さった、『メスのような刃物』を眺めながら、敗は呆然と呟いていた。「がはっ！」やがて彼女は、口から大量の血を吐くと、その場に崩れ落ちてしまう。

「——身の程を弁えなさいよ、この愚か者が」

と、その場の誰のものでもない、若い女の声が、どこからともなく響いてくる。

「私の芳乃に掴みかかるだなんて、不遜もいいところよ。全身をズタズタにされる程度の罰で済んで、むしろ感謝することだわ」

否、どこからともなく、ではない。

その声は、奈良の身体の中から響いてきているようだった。

「……ああ、なるほどね」

対して奈良は、なにやら納得したように頷いて、

「そういえば、そんな設定もあったんだっけね。私の身体の中からは、常に強烈な嘘の匂いが漂い続けてきているっていう——つまりキミは、ずっと私の中にいたわけだ」

そう得体の知れない『声』に対して、親しみさえ感じさせる口調で、言葉をかけていく。

「だとしたら、キミには随分な苦労をかけてしまったものだね。ずっと長い間、私の身体の中から一歩も外に出られないなんて、窮屈なことこの上なかったろうに」

「——うふふふふ。いいえ、そんな風に労っていただかなくとも結構よ、芳乃。あなたの中はとても快適だったもの。居心地の悪さを感じたことなんて一度もなかったわ」

「そうかい？　そう言ってくれるとありがたいけれど……とはいえいい加減、私はキミを解放してあげるべきだろうね。外に出ておいで。そしてその姿を、主人である私に見せておくれ」

「――ええ、喜んで」

そう『声』が答えた、次の瞬間。

奈良の背中側から、突然に、人間の身体のようなものが生えてきて――そのまま奈良から抜け落ちて、すとん、と床に降り立っていた。

裸の女、である。

彼女はぴん、と背筋を伸ばした状態で、その場に直立していた。年の頃は奈良とそう変わらないように見える。すらりと長い手足に、起伏のある身体つき。そしてソメイヨシノを彷彿とさせるような、薄ピンク色の長い髪。

だが何よりも特筆すべきなのは、その顔立ちが、奈良芳乃のそれとまったく同一である、ということだろうか。

「へえ。キミはそんな姿をしていたのかい」

自分と瓜二つの、すっぽんぽんの少女の姿を横目に眺めながら、奈良は感嘆したような息を漏らす。「不思議な気分だよ……キミの存在にさえ、私はついさっきまで気付いていなかった筈なのに、何故だか『はじめまして』って気がしないんだ。気の遠くなるような昔から、ずっと一緒だったような錯覚すら感じる。どうしてだろうね？」

「それは実際に、私たちがずっと一緒だったからよ、芳乃」

果たしてすっぽんぽん少女は、奈良の問いかけに、涼やかに答えていた。

「あなたが私を吐いた瞬間から、私はあなたに憑いていた。私たちは文字通りの一心同体だったの。こうしてあなたと直接言葉を交わすことが出来て、私は本当に嬉しいわ。私のことは羨望桜と呼んでちょうだい、芳乃。羨望桜よ。あなたの願いを叶えるためだけに生み出された、あなた専用のパートナー。改めて、今日からよろしくね」

「――な、なんだ貴様は⁉」

と、そんな彼女の足元から、呻くような敗の声が響いてくる。

彼女は全身血塗れで、フローリングの上に横たわっていた。普通の人間ならば完全に致命傷という、凄まじい損傷具合である。「貴様、その女に憑いている嘘か⁉　こ、この私にこんな真似をして、タダで済むと思って――」

「――ガチャガチャと煩いわね、このブスが」

と、そんな息も絶え絶えといった様子の敗の身体を、裸の少女――羨望桜は躊躇なく、思い切り踏みつけにしていた。

「ぐあっ⁉」

「先に芳乃に手を出そうとしたのはそっちの方でしょう？　そこで転がっているネコちゃんみたいな雑魚ならともかく、お前のようなものに宿主の胸倉を掴まれて、まだ様子見を続けられるほど、私は呑気な性格じゃないのよ。

本当に、よくも私の芳乃を害そうとしてくれたわね……その罪、万死に値するわ！」

言いながら羨望桜は、敗の頭上で、なにやら掌を掲げてみせる——と、次の刹那、彼女の掌から大量の『刃物』が飛び出してきて、床上の敗の身体に一斉に降り注いでいた。

「ぐあああああああっ!?」

ほとんど断末魔のような絶叫が、部屋の中に反響する。ただでさえズタズタだった敗の身体は、更に切り裂かれて、ほとんど原形を留めていなかった。もはや物理的に身体を動かすことも出来ないのか、痛みにのたうつこともない。

「あ、あわわわわ……」

そう動揺したように声を漏らしていたのは、傍らに佇むロングスカートの女性、疾川だった。「や、敗ちゃん……ど、どうしよう。私、どうしたら……!」

「うん、ご苦労さま羨望桜。とりあえずそれくらいで大丈夫だよ」

一方の奈良は、そんな羨望桜に労うような声をかけてから、不意に後ろを振り向いて、

「それじゃあ今の内に、いったん退却するとしようか」

ぺたん、と床に座り込んだままの海鳥に向けて、そう呼びかけてくるのだった。

「……え？」

「何をぼーっとしているんだよ海鳥。いい加減キミにだって察しはついている筈だろう？そこに転がっている包帯女は——」

奈良は敗の方を指し示して、

「鉄製のドアを蹴破ったり、でたらめちゃんの足首を切断してみたり――どう考えても人間じゃない。まず間違いなく、でたらめちゃんと同じ、〈実現〉した嘘だろうさ。

そしてでたらめちゃんと同じ『不死身の嘘』というなら、こいつはこの程度の傷なら、簡単に再生しちまえるってことになる。だから私たちは逃げなくちゃいけないんだよ。こいつに追い付かれない場所まで、今すぐにね」

「…………っ！」

と、言われて海鳥は、ようやく正気を取り戻していた。

あまりにも意味不明な状況に、未だ海鳥の脳内は混乱状態にあるのだが、それでも奈良の『逃げなくちゃいけない』という一言で、ハッと我に返ることが出来ていた。そう、まずはとにかく逃げればいいのだ。こんな異常な空間、一秒でも早く離れるに越したことはないし、細かいことは逃げた後に考えればいい。

そして、そうと決まれば、海鳥のやるべきことは一つだった。

「で、でたらめちゃん……っ！」

海鳥は叫びながら、床に横たわったままぴくりとも動かない、でたらめちゃんの元へと駆けよっていく。

「う、うう……！」

果たしてでたらめちゃんは、うつ伏せで弱り切ってはいるものの、ギリギリ意識は失っ

ていない、という状態だった。そんな彼女の華奢な身体を、海鳥は急いで抱え上げて、

「——よいしょっ！」

と、自らの背中に担いでいた。「だ、大丈夫でたらめちゃん……⁉　いや、どう考えても大丈夫じゃないとは思うけど……！」

「……だ」

「え？」

「…………もう、やだぁ」

果たして海鳥の耳元に響いてきたのは、そんな衰弱し切ったような、少女の泣き声だった。

「ぐすっ……うううう……もうやだぁ……こんな痛いの、こんな怖いの……！」

「……で、でたらめちゃん？」

ぎょっとしたように海鳥は背後を振り向く。

海鳥におんぶされたでたらめちゃんは、全身をガ、ガ、ガタガタと震わせながら、大粒の涙を流していた。

「うううううううっ……！　うううううううう……っ！」

「………」

これまで聞いたことのないような、彼女の弱々しい声音に、海鳥は激しい衝撃を受ける。

平常時の飄々とした態度など見る影もない、それは完膚なきまでの泣き喚きようだった。よほど精神へのショックが大きかったのだろうか？　確かに、いきなり両足首の切断などされてしまえば、誰しもこういう状態になるのかもしれないが……。

「……っ！　奈良、取り敢えずでたらめちゃんは回収できたから、もういつでも出発できるよ！」

が、そんなことを考えるのも後回しで良いと、海鳥はでたらめちゃんから意識を外し、奈良にそう呼びかける。

「ああ、ありがとう海鳥。それじゃあ早速、部屋の外に出るとしようか――羨望桜。キミも当然ついてくるんだよ」

「ええ、もちろん分かっているわ芳乃」

ただ一人、悠然とその場に佇んでいた羨望桜は、奈良の呼びかけに頷き返して、

「とはいえ三秒だけ待ってちょうだい」

などと言いつつ、玄関とは正反対の方向、カーテンのかけられた窓の方へと、すたすたと近づいていく。

――そして何の躊躇もなく、窓にかかっていたカーテンを、びりびり、と思い切り引きちぎってしまっていた。

「……え!?」

予想外の彼女の行動に、一瞬だけ状況を忘れて、固まってしまう海鳥。

果たして羨望桜は軽やかな手つきで、引きちぎったばかりのカーテンを、さながらドレスのように、自らの体躯へと巻き付けていき――やがて数秒も経たない内に、彼女の豊満な肢体は、その薄布に完全に覆い隠されていた。

「待たせてごめんなさい、芳乃。もう大丈夫よ」

「…………」

他人の家のカーテンを勝手に破っておいて、得意満面の笑みを浮かべてポーズを決める羨望桜に、海鳥は複雑そうな目を向ける。

――が、今は家具のことなど気にしている場合でもなかった。今はとにかく、この場から逃げることだけを考えるべきなのだ。全員無事に脱出できるというのなら、カーテンの一枚や二枚程度、別に惜しくもない。

「と、とにかく逃げよう、皆！」

果たして、海鳥の呼びかけと共に、少女たちは玄関の方に向かって駆け出す。

「……っ！　き、貴様ら！　後で必ず後悔することになるからな！」

などと、後方から敗の必死の叫び声が聞こえてきたものの、当然のように、誰も振り向きはしなかった。

6 泥帽子

マンションを飛び出した海鳥たちは、大慌ての足取りで、まずは最寄りの駅前の広場まで走ってきていた。

時刻は20時も半ばといったところ。会社帰りのサラリーマンや部活終わりの学生などの姿もあって、広場はそれなりの賑わいを見せている。

「に、逃げるって言っても、具体的にはどうするの、奈良!?」

そんな人ごみの中で、海鳥はひと際大きな叫び声を上げていた。

彼女はでたらめちゃんを背中に担いだまま、きょろきょろと、忙しなく周囲に視線を彷徨わせている。「電車!?　それともタクシー!?　ど、どこまで逃げる!?　いっそのこと、隣の県まで逃げちゃうとか!?」

「おいおい、落ち着けよ海鳥」

一方の奈良は、そんな海鳥とは対照的に、あくまで冷静な声音で言葉を返してくる。

「あの敗とかいうのが、一体どれくらいの時間で傷を回復させて、私たちを追いかけてくるかは分からないけどさ。あれだけのダメージを与えたんだから、少なくとも、今すぐってことはない筈さ。だから必要以上に焦ることはないし……むしろ落ち着いて考えることのできる今の内にこそ、これからどうすべきかを慎重に検討すべきだと私は思うけどね」

「……そ、そんな悠長なこと言っていられないってば、奈良！　さっきの女の人、よく分からないけど、とにかく絶対にヤバいんだから！　次追い付かれたら、どんな危険な目に遭わされるか分からないよ……い、一秒でも早く、安全な場所まで逃げ延びないと……！」

「そうだね、海鳥。彼女が恐ろしい敵だというのは、私も同意見だよ」

溜め息交じりに奈良は首肯して、

「ただ一つだけ言えることは、『出来るだけ遠くに逃げる』だとか、『見つかりそうにない場所に隠れる』だとかって選択肢を選ぶのは、現状では避けるべきだということだね。

なにせ敵さんは、でたらめちゃんと同じ嘘であり、嘘の匂いを嗅ぎ取れるらしい……つまり〈嘘憑き〉である私や、嘘そのものであるでたらめちゃんが一緒に行動している時点で、高性能のGPS発信機をつけられているのと同じということだよ。こんな状態で、逃走も潜伏もあったものじゃないさ。どう逃げようと、100%居場所を特定されて、100%追い付かれてしまうだろうね」

「……そ、そんな！　じゃあ、もうどうしようもないってこと⁉」

「そうとも言っていないさ。ねえ、羨望桜？」

奈良は横合いに視線を移して、「私が何も言わなくても、私が今キミに何をしてほしいと思っているか、キミなら分かってくれているよね？」

「ええ、もちろん承知しているわ、芳乃」

羨望桜は即座に頷き返していた。

素っ裸の上からカーテンを巻き付けただけという、煽情的な装いに身を包んだ彼女は、天下の往来だというのに何ら恥じらう様子もなく、奈良の傍らに堂々と佇んでいる。

奈良と瓜二つの顔立ちに、腰まで届く薄ピンク色の髪、大きな胸、すらりと長い手足。

こうして二人並んでいると、お互いに顔のそっくりな、姉妹を眺めているようである……そんな羨望桜は、なにやら得意そうに口の端を持ち上げて、

「むしろ、そんな分かっていて当たり前のことを、わざわざ訊かないでほしかったと言いたいくらいだわ——だって私はもうとっくに、これから芳乃に指示されていただろう内容を、先んじて果たしてしまっているんだもの」

「…………？」

一見、意味の分からない二人の会話に、海鳥は困惑したように目を瞬かせる。が、

「——え？」

——さしもの鈍感な彼女も、既に発生している周囲の異変に気付くまでには、そう時間はかからなかった。

海鳥たちが佇んでいるのは、駅前の広場だ。当然の帰結として、駅の改札から出て来た通行人たちが、何十人と海鳥たちの脇を通り過ぎていくのだが……そんな彼らの、首から

上の部分に、異変は発生していた。

道行く人間は皆、完全に同じ顔をしていた。

それも、ただ同じというだけではない。

およそ文句のつけどころのない、完璧な造形、これ以上美しくしようのない顔……海鳥の隣に佇んでいる少女の顔立ちと、完全に瓜二つ、なのである。

「ごらんの通りだよ、海鳥」

海鳥の正面で、奈良は淡々と言う。

「羨望桜の力を使って、私の顔を、ここら一帯の人間たちに張り付けさせてもらったんだ」

「……は!?」

「もちろん、世界中がこんな風に変わってしまったわけじゃないよ。あくまで『地域限定』さ。私の美しさは、まだこの町の人間のみにしか、施されていない」

奈良はぐるり、と周囲の光景を見回すようにして、

「一歩でもこの町から外に出たら、たちまちの内に彼らの顔は元に戻るだろう。反対に、外の人間が一歩でもこの町に足を踏み入れたのなら、私の顔が張り付いてしまうという理屈なんだけど」

「……っ!? ちょ、ちょっと待ってよ、奈良! どうして今、こんなことを――」

「目くらましだよ、海鳥」

「……目くらまし？」

「敵さんが嘘の匂いを辿って追跡してくるというのならさ。その嗅覚が意味を成さなくなるくらいに、町中を嘘の匂いで満たしちまえばいいのさ。目くらましならぬ鼻くらまし、だね。もっとも、私やでたらめちゃんの匂いは周囲のそれよりも濃い筈だから、時間稼ぎにしかならないことは変わらないだろうけど」

「………」

そう奈良に説明を受けながらも、海鳥は呆然と眼前の光景を眺めている。

例えば、彼女の真横を通り過ぎていく二人組の女子中学生たち。「っていうかさ、さっき顔が急に痛くなったじゃん？　あれ、なんだったんだろうね？」「本当にね。一瞬だったけど、立っていられないくらい痛かったよね」「まあ結局、なんともなかったからいいんだけど」

……などと、自分たちの顔がたった今別物に変えられてしまったというのに、当人たちにはまるで気付く様子がない。本当にこの世界が、元々の常識ごと書き換えられてしまっているのだ。彼女たちの元々の顔はもう、本人の記憶にすら残っていない。奈良の言葉を信じるのなら、この現象はあくまでも地域限定ということだが……もしも本当に世界全てが『こう』なってしまったらと思うと、海鳥は背筋が凍るような思いだった。

「さて、これでひとまず、当面の危機は脱したと言えるだろう」

やがて奈良は、満足そうに口を開いて、

「今の内に、どこか落ち着ける場所に移動するとしようか」

その後、海鳥たちは近場のファミレスへと移動した。

奈良の発案である――『こうなったからには下手に身を隠すよりも、敢えて大勢の人ごみの中に身を晒した方が、私はいいと思うんだよ。そっちの方が、私の振りまいた嘘の匂いが、迷彩として機能してくれる筈だからね』。

そして、実際に彼女の見立て通り、ちょうど食事時という時間帯も手伝ってか、店内はかなりの数の利用客で賑わっていた。海鳥たちは唯一空いていた奥のテーブル席に案内され、向かい合うように腰掛ける。なるほど確かに、この場所に身を潜めていれば、敗に発見されるまでの時間もより多く稼げるかもしれない。

だが、

「ひぐっ、うう……！」

果たしてテーブル席に腰掛けてからも、でたらめちゃんは、中々話し出すことが出来ずにいた。

「うっ、うっ、うううううう……！」

号泣、である。

両肩をぶるぶると震わせて、嗚咽を漏らし、まぶたからぼろぼろと涙を流し続けている。

既にその両足首は『元通り』に完治し――と言っても、流石に靴まで回収している余裕はなかったので、今の彼女は裸足だったが――少なくとも外見上は、どこも負傷していないように見えるのだが。やはり内面、心に負った傷の方は、そう簡単に癒えるというものでもないらしい。

「……あの、でたらめちゃん、本当に大丈夫？」

見かねたように声をかけていたのは、でたらめちゃんの左隣に腰掛ける、海鳥だった。

「なんだったら私、ドリンクバーから、なにか温かい飲み物でももらってくるけど」

「……っ。い、いいえ、それには及びません、海鳥さん……」

しかし、そんな海鳥の呼びかけに、でたらめちゃんはぶんぶんっ、と頭を振り返して、

「も、もう四十秒……いえ、五十秒ほどいただけたら、ちゃんと泣き止んでみせますので……さっきのこと、ちゃんと皆さんに、ご説明しますので……っ！」

言いながら彼女は、何を思ったか、その小さな両の掌で、目の周囲をぺちぺち、と叩き始めた。どうやら眼球に刺激を与えて、無理やり涙をせき止めようとしているらしい。

「…………」そんな、明らかに平静を失っているらしいでたらめちゃんの行動に、海鳥は思わず、正面の奈良と顔を見合わせてしまっていた。

「……やれやれ。こいつは相当重症のようだね」

果たして奈良は、海鳥の方を見返しながら、そう肩を竦めるようにして言ってくる。

「仕方ない。海鳥、ちょっとその子のことをお願いしてもいいかな？　私は羨望桜と、なにか適当に飲み物でも汲んできてあげるからさ」

「……う、うん、分かった。ありがとうね、奈良」

言われて、こっくりと頷き返す海鳥。一方の奈良は「いやいや」と掌をひらひらと振りながら、テーブル席からゆっくりと腰を浮かしていた。

「……ちょっと芳乃。なんで私たちが、このネコちゃんのためにそこまでしてあげなくちゃいけないわけ？」

不満そうに言うのは羨望桜である。

「飲み物なんて、こいつに自分で汲みにいかせればいいじゃないの。成り行きで一緒に逃げてきたとはいえ、私たちとこいつは、あくまで敵同士なんだから」

「……おいおい、そんな冷たいことを言うもんじゃないよ、羨望桜」そんな羨望桜の指摘に、奈良は胡乱げに息を漏らして、「とにかく今は、彼女を立ち直らせるのが最優先事項なんだからさ……別にキミが嫌だって言うのなら、私一人で汲みに行っても構わないけど」

「……っ！　ま、待ってよ芳乃！　あなたにだけそんな使いっぱしりみたいな真似、させられるわけないでしょ！」

と、思いがけず奈良に拗ねたような態度を取られて、羨望桜は慌てた様子で席を立つ——そのまま二人は連れ立って、店内のドリンクバーの方に歩いていく。

「……ふう」

そんな彼女たちの後ろ姿を見送ってから、海鳥は一つ息を吐いて……スカートのポケットの中から、無地のハンカチを取り出していた。

「でたらめちゃん、ちょっとじっとしていてね」

言いながら海鳥は、その身体をでたらめちゃんの方に向けて、彼女の涙に濡れた目元を、優しく拭い始める。

「……きゃっ!?　ちょ、ちょっと、なにするんですか海鳥さん!?」

いきなりハンカチを目元に圧し当てられて、でたらめちゃんはぎょっとしたように声を漏らしていた。「や、やめてください！　私、あなたにこんなこと、頼んでいません！」

「あ、ちょっと、暴れないでってば、でたらめちゃん。涙が綺麗にふき取れないでしょ？」

何故か身体をジタバタとさせて、自分のハンカチから逃れようとするでたらめちゃんに、海鳥は困ったような息を漏らす。

「……っ！　で、ですから、本当に大丈夫なんですって、海鳥さん！　肉体へのダメージなら、もう表面的には完全に回復させましたし……今こんな風に取り乱しているのは、さっきのことで、ちょっと心が弱ってしまっているというだけなので……！」

「……いやいや、『ちょっと』じゃないでしょ、どう見ても。今のでたらめちゃん、『大雨に降られたあとの子猫』みたいな震え方をしているし。顔色も真っ青だし」

「ち、違います！　私はこの程度で心を折られるような、弱い嘘じゃありません！　じ、実際に私は、今くらいの修羅場なら、これまで何度も切り抜けてきているんです……！」

「……だから、そんな鼻声で強がられても、説得力ないんだって」

苦笑いを浮かべながら、海鳥はでたらめちゃんに言葉をかけていく。

「取り敢えず一回落ち着こうよ、でたらめちゃん。そりゃあ時間がないことは確かだろうけど……少なくとも私も奈良も、今のあなたを必要以上に急かそうだなんて、これっぽっちも考えていないんだからさ」

「………………」

そんな風に囁きかけられて、でたらめちゃんは尚も涙をこぼしながら、何かもの言いたげな目で、海鳥の方を見つめてきていた。

「……待って下さい。涙を拭いてくださるというのなら、せめて、テーブルの上に置いてある紙ナプキンを使ってください」

「え？」

「でないと海鳥さんのハンカチが、私なんかの涙で汚れてしまいます……」

「……はあ？」

でたらめちゃんの言葉に、海鳥は意味が分からない、という風に首を傾げて、でたらめちゃんの涙が、

「な、なに言っているの？　私そんなの、全然気にならないけど。でたらめちゃんの涙が、汚い訳ないいんだし」

「……いいえ、汚いですよ、私は」

でたらめちゃんはふるふる、と力なく首を横に振って、

「まったく、信じられないほどのお人よしですね、海鳥さんは。私みたいな、常に自分の『ごはん』のことしか考えていないような、薄汚い野良ネコに――まあネコちゃんは可愛いからいいですけど、私には大して可愛げもないのに――こんな風に優しく出来るなんて、どうかしています。大体、『鉛筆泥棒』の件はどうなるんです？」

「え？」

「いかに〈嘘殺し〉に必要な工程だったとはいえ……私は今日、海鳥さんにとって大事な『秘密』を、なにもかも奈良さんにばらしてしまったんですよ？　あなたの大切な鉛筆を一本残らず、見るも無惨な『素揚げ』へと変えてしまったんですよ？　そのことについての怒りは、もうないんですか？」

「…………」

言われて、海鳥はまたも戸惑ったように視線を彷徨わせて、

「いや、その件については、確かに思うところがないわけじゃないけど……今はそんなこ

と言っている場合じゃないと思うし。そもそもでたらめちゃん、別に悪いことしてないし」

「……なんですって？」

「だって悪いのは、どう考えても、奈良の鉛筆を盗んで食べていた私でしょ？」

でたらめちゃんの目を真っ直ぐに見つめながら、海鳥は言う。「つまり今回のことは、ただ隠されていた悪事が白日の下に晒されたってだけのことなんだよ。それを全部でたらめちゃんのせいにして、責め立てるほど、私は神経太くないっていうか……そもそも結果的に奈良との仲が拗れなかった以上、あなたを責める理由も特にないわけだしさ」

「………………」そんな海鳥の言葉を聞いて、でたらめちゃんは何やら衝撃を受けたように、呆然と固まっていた。「……呆れて物も言えないとはこのことですね。本当に、どこまでお人よしなんですか、海鳥さんは。

流石にそこまで呑気な性格だと、あなたの将来が心配になりますよ。その甘っちょろさに目をつけられて、せいぜい詐欺などのターゲットにされないように気をつけることです。私みたいな『悪いやつ』から見たら、いいカモですもの、あなた……」

——しかし、そんな言葉とは裏腹に、でたらめちゃんは。

ハンカチを持っていない方の海鳥の手を、ぎゅっ、と握りしめて来ていた。

「え？」

「……勘違いしないでください。これはあくまで、合理的な判断に基づく行動です」

海鳥から目を逸らしつつ、しかし掌の方にはしっかりと力を込めつつ、でたらめちゃんは言葉をかけてくる。

「あなたの言う通り、どうやら今の私が、自力で落ち着きを取り戻すのは難しいようなので……特効薬的な効果を期待して、あなたの掌を利用させてもらうことにしました。他者との触れ合いには、心を落ち着かせる効果がある、と聞いたことがありますからね。皮膚感覚というものは、中々馬鹿にできません。なにより、ただ海鳥さんと握手をするだけで平静を取り戻せるというのなら、それを選ばない手はないでしょう……」

「……ええと」

そう一気に捲し立てられた海鳥は、ぽりぽり、と頬を掻いて、

「……要するに、心細いから、手を繋いでおいてほしいってこと？」

「……っ！　違いますですから勘違いしないでください。あくまでこれは合理的な判断に基づく行動って言っているじゃないですか。どこまで物分かりが悪いんですか海鳥さんは」

……と、更に物凄い勢いで言い切られて、海鳥は無理やり黙らされてしまうのだった。

◇◇◇◇

「あの二人組は、〈泥帽子の一派〉のメンバーです」

数分後。

完全に平静を取り戻したらしいでたらめちゃんは、そう切り出していた。

……そうは言っても顔にはばっちりと泣きはらした跡が残っていたし、目もまだ赤いままなのだが、そんなことはもはや気にもしていないという様子で、彼女は毅然とした表情を浮かべている。

「泥帽子というのは、もちろん頭に被る帽子のことではありません。これは『人名』です」

でたらめちゃんは言いながら、その場にいる全員の顔を見回すようにして、

「ねえ、皆さん。私は今まで、嘘を吐けない正直者というのは、実は〈嘘殺し〉のエキスパートなのです、と散々申し上げて来ましたよね？

では逆に、〈嘘殺し〉の対極、〈嘘活かし〉なるもののエキスパートがいるとしたら、それは一体どういう人間だと思いますか？」

「……〈嘘活かし〉？」

怪訝そうに声を上げていたのは海鳥だった。「……い、いや、ぜんぜん分からないけど」

「催眠術師ですよ」

「……は？　催眠術？」

「ええ、催眠術です、海鳥さん。英語で言うとヒプノシス。暑くもないのに『暑い』と思い込ませて相手に汗をかかせたり、眠くもないのに『眠い』と思い込ませて相手を眠らせたりする、ああいうアレです。海鳥さんも、テレビで見かけたことくらいあるでしょう？」

でたらめちゃんは真面目な顔で言う。

「実はアレって、結構馬鹿に出来ない『異能』なんですよね。他人の心理や感情を思うがまま、術師の都合のいいように操作できてしまうというのは、海鳥さんの〈本音の刃〉とどこか似通ったところがあります……どころか、感情の操作にコントロールが効くという点では、〈本音の刃〉の上位互換とさえ言えるかもしれません」

「……いや、ちょっと待ってよでたらめちゃん」

と、やや呆れたように口を開いていたのは、奈良だった。

「いきなり何の話？　催眠術師って……よく知らないけど、あんなの全部ペテンでしょ？」

「いいえ奈良さん、ペテンなどではなく、催眠術自体はこの世に実在する歴とした『技能』ですよ。少なくとも私は、『本物の催眠術』を扱うことの出来る人間を、一人知っていますしね。

その術師の名は、泥帽子、と言います。もちろん本名ではありません。名前はおろか、年齢も出自も経歴も、あの男はあらゆる何もかもが不明なのです。分かっているのは、少なくとも見た目は長身痩躯の日本人男性であるということ。そしてもう一つ、彼が〈嘘憑き〉専門の催眠術師である、ということです」

でたらめちゃんはそこで、ゆっくりと息を吐いて、

「考えてもみてください。例えば『暑い』と思っていない人間に『暑い』と思わせるよう

に、『眠い』と思っていない人間に『眠い』と思わせるように——〈嘘憑き〉の〈これが本当であってほしい〉という想いを何倍にも膨らませて、無理やりゴールラインまで押し上げてしまう、そんな人間がいたとしたら、どうなると思います？」

「……む、無理やりゴールラインまで押し上げる？」

ぎょっとしたように声を漏らしたのは海鳥である。

「な、なにそれ？　もしも本当にそんなこと出来る人がいるなら、それこそこの世の中は、世界をねつ造できる〈嘘憑き〉まみれになっちゃうと思うけど……」

「ええ海鳥さん、本当に恐ろしい話ですよね。そして、そんな恐ろしいことを実際にやってのけてしまう男こそ、泥帽子なのです」

でたらめちゃんは顔をしかめて言う。

「あの男はとにかく、『声』が異質なんですよね。聴いているだけで心地よくなってきて、つい酩酊気分になってしまうような、特徴的な声音をしているのです。その声で色々なことを囁かれると、言葉の全てが心の奥深くにまで染み入ってきて——気がついたときには、自分の中の想いが何倍にも膨れ上がってしまっている、らしいですよ。私は彼の催眠にかけられたことはないので、すべて伝聞なのですけど」

「……へえ。本当にそんなことが出来るのなら、確かに〈嘘憑き〉にとっては理想的な協力者と言えるかもしれないね」

奈良は頷いて、

「で、その泥帽子とやらは、〈嘘憑き〉たちに催眠をかけてあげる対価として、金銭でもせしめるというわけなのかい？」

「いいえ、違います奈良さん。泥帽子はお金では動きません。

彼の『異能』を以てすれば、それこそお金なんて、いくらでも稼ぐことが出来るでしょうけど。あの男の求める対価はたった一つですよ——〈嘘憑き〉の行動全てを、誰よりも間近で観察する権利を得ること」

「……なにそれ？」

無表情で首を傾げる奈良。「観察する権利を得る？　そんなことをして、一体何の意味があるの？」

「本人曰く、『特等席で人間を鑑賞するため』、だそうですよ」

「……人間を鑑賞？」

「『〈嘘憑き〉たちの心の動き、行動の選択、その果ての末路。それら全てを鑑賞すると、まるで映画を一本見終わった後のような、素晴らしい感動体験を得ることが出来る』。かつて本人は、そんな風に語っていましたっけね。

要するに、泥帽子にとって〈嘘憑き〉に催眠をかけることは、『趣味』なんですよ。ただ自分の心を満たすためだけに、完全な面白半分で、彼は世界のねつ造の手伝いをしているというわけなのです」

「……趣味の延長で世界をねつ造してしまうって、はた迷惑すぎるでしょ、その人」

呆れたような声音で言う奈良。「いや、私が言えたことではまったくないんだけどさ」

「そして泥帽子は、そんな『顧客』とも呼ぶべき〈嘘憑き〉たちを、自分の周囲に何人も侍らせています。〈嘘憑き〉たちは泥帽子から催眠を受けることで、自分の嘘を強化することができるし、反対に泥帽子の方は誰よりも間近で、〈嘘憑き〉たちの生きざまを存分に鑑賞することが出来るというわけです。ある種の互助会のような関係ですね。

そして何を隠そう、私もその互助会、〈泥帽子の一派〉の元メンバーでした……あれは確か、一～二年ほど前のことだったでしょうか？」

そのときのことを思い出そうとするかのように、でたらめちゃんは目を細めて、

「泥帽子、あの男は、私の目の前に突然に現れました。そして自らの素性を明かし、自分たち〈一派〉についての説明をし、『あなたも一匹でいるのなら、僕たちの仲間になりませんか？』と、私を勧誘してきたのです。

話を受けて……私は慎重に検討した末、〈一派〉に加入することを決めました。確かに彼のその提案は、〈嘘殺し〉を生業とする私にとって、非常に魅力的なものでしたので」

「どういうことだい？」

「簡単な理屈ですよ、奈良さん。泥帽子の近くにいれば、それは必然的に、大量の〈嘘憑

き〉の情報に触れられるということでしょう？　つまり、わざわざそこら中を駆けずり回って『餌』を探す必要がなくなるわけです。自分が食いっぱぐれないことだけを考えるなら、それほど理想的な環境もありませんよ。

　そして幸いにも、〈泥帽子の一派〉のメンバーはすんなりと私を迎え入れてくれました。あそこは基本的に、来る嘘拒まず、というスタンスですし……なにより私を勧誘した泥帽子当人が、私のことを謎に気に入ってくれていましたからね」

「気に入ってくれていた？　なんで？」

「『宿主からとっくに見放されているにも拘わらず、根性だけで、十年以上も生き延びてきた私の生きざまそのものを面白いと思った』らしいですよ。『あなたみたいにしぶとくて、ふてぶてしくて、なりふり構わない生き方をする嘘は見たことがありません！』『まるで人間みたいな見苦しさです！』なんて、出会った当初は、それはもう散々に誉めそやされたものでしたもの」

「……ふぅん、なるほどね。だからキミは、他の〈嘘憑き〉たちと同じように泥帽子の心を満たせる存在として、〈一派〉への加入を認められたというわけなんだ」

　得心が行った、という風に奈良は頷いて、

「でも、その理屈は分かったけど、分からないなでたらめちゃん。当時そうやって、無事に〈一派〉に加入できたというのに……なぜ今のキミは、また一匹でいるんだい？」

「……簡単な話ですよ。私が〈一派〉を裏切ったからです」

でたらめちゃんは声のトーンを落として言う。「つまり、自分から『どうぞ入れてください』とお願いする形で、彼らの仲間に加えてもらった私は——しかし一年ほど経ってから、今度もまた自分の意思で、〈一派〉と袂を分かったというわけなのです。

我ながら、端から見れば大分意味不明な行動をしたとは思っていますが、しかし止むを得ない決断でした。まさか泥帽子の仲間になるまでは、〈一派の嘘憑き〉たちが、あそこまで『ヤバい人』揃いだとは思っていませんでしたので……」

「……『ヤバい人』っていうのは、もしかしなくても、さっきの包帯の女の人とかのことだよね？」

暗い表情で語るでたらめちゃんに、海鳥は問い掛ける。

「確か、敗さん、だったよね？　今までの話から判断するに、あの人も〈泥帽子〉の一派のメンバーなんでしょ？　そういえばあの人、泥帽子がどうとか、でたらめちゃんのことを元・仲間だとか、色々言っていた気がするし」

「ええ、海鳥さん。正確にはあの人は〈嘘憑き〉ではなく、嘘の方ですけどね。

敗さん——彼女は〈泥帽子の一派〉において、中核を成すメンバーの一人であり、この社会に害をなす、最悪級に危険な嘘です。彼女だけでなく、〈一派〉の中核メンバーたちは、大体そんな感じなんですけど」

「……社会に害をなす、最悪級に危険な嘘？」

「はい、断言してもいいです。彼女たちは『社会悪』だと」

でたらめちゃんはきっぱりとした口調で言い切るのだった。

「自分の都合のためなら、どれだけ周囲に迷惑をかけようと一顧だにしません。理性のブレーキが完全に壊れていて、一般的な道徳や倫理観など欠片も持ち合わせていない、本物の社会不適合者たちです。

例えば、敗さんのさっきの振る舞いを思い出してください。あいさつ代わりに部屋のドアを破壊したり、人の足首を切断したり、それはもうやりたい放題だったでしょう？　幸いにも、あの場において直接的なダメージを被るのは私だけで済みましたけど……それは本当に運が良かっただけで、海鳥さんや奈良さんがなんらかの危害を加えられていたとしても、何の不思議もありませんでしたよ」

「…………っ」

と、そんなでたらめちゃんの言葉に、海鳥はさきほど浴びせられた、凍て付くような敗の『殺気』を思い出していた。

『それとも、お前もこのネコと同じように、足首から先を切り落とされてみるか？』

あの一言は、間違いなく脅しではなかった。もしも海鳥の尻もちをつくのがもう少し遅ければ、今ごろ彼女の足首から先はなくなっていたかもしれない。

なにより、実際に誰かにそういうことをした経験がないのなら、ただ言葉を発しただけで、あそこまでの威圧感を放つことは出来ないだろう。

「そもそもね。〈嘘憑き〉なんていうものは本来、社会に対してそれほどの影響力を持つような存在ではないんです」

肩を竦めるようにしつつ、でたらめちゃんは言葉を続ける。

「あくまで我々嘘の本来の役割は、道具として、人間のコミュニケーション能力を飛躍的に高めさせることです。〈実現〉というのは、そのシステムを成立させる上で思いがけず発生してしまった、バグのような現象でしかありません。時折〈嘘憑き〉なる超常の存在が現れたとしても、世界のねつ造に至れるわけでもなく、ただ泡のように消えていくだけ。つまり嘘の〈実現〉とは、何かを思い詰め過ぎた人間が一時の間だけ見られる、束の間の『夢』でしかなかったのです……少なくとも、十数年前までは」

「……でも、泥帽子の出現によって、全てが変わってしまったと」

奈良は溜め息まじりに言う。

「例えるなら、本来なら『さなぎ』のままで終わっていた筈の危険因子たちが、泥帽子の催眠によって、無理やり『蝶』にまで羽化させられるようになった、というわけだ」

「ええ、その通りです奈良さん。その行為がどんな結果をもたらすことになるか、面白半分でやっているだけの泥帽子は、考えもしていないんでしょうけどね」

「……そしてキミは、そんな泥帽子たちを止めるために、〈一派〉を裏切ったと？」

「……。ええ、そうです」

果たして、少しの逡巡のあと、でたらめちゃんは答えていた。「一年ほどかけて、〈泥帽子の一派〉の危険性を嫌と言うほどに思い知った私は……このまま野放しにしてはいけないと判断して、〈一派〉を裏切り、元・仲間たち全員と敵対することを決意したのです」

「……はあ？　なにそれ？」

怪訝そうに声を上げていたのは羨望桜だった。

彼女は、奈良の隣の席に腰掛けながらも、それまでは興味のなさそうにそっぽを向き続けていたのだが――ここに来てようやく関心を持ったという風に、不意に口を開いていた。

「ちょっと、意味わかんないわよ、お前。なんで今さらその程度のことが、そいつらを裏切る理由になるわけ？」

眉間にしわを寄せながら、羨望桜は正面のでたらめちゃんを睨み付ける。

「ねえ、お前……でたらめちゃん、で良かったわよね？　私も今日はずっと芳乃の中でお前の話を聞かされていたから、おおよその事情は理解できていると思うけどさ。お前って、そんな『正義の味方』みたいなことを言い出すキャラだったっけ？」

「…………」

「お前は今日まで、自分が死なないためだけに必死こいて生きてきたんでしょう？　他の嘘を食べてきたんでしょう？　そんなお前が、今さら『社会悪』がどうとか、まるで自分以外の何かを気遣うようなことを言い出すなんて、話の辻褄が合わないじゃないのよ」

　そう一息に言い切ってから、彼女は何やら嘲るような笑みを浮かべて、

「なに？　まさかこの期に及んで、『正義の心』にでも目覚めたっていうの？　だとしたら、傑作なんてものじゃないんだけど」

「……ふん。愚問ですね、羨望桜さん」

　が、でたらめちゃんも負けじと、不敵な笑みを向け返して言う。

「まさかこの私が、『正義の心』なんて、そんな殊勝なものを持ち合わせているわけないじゃないですか。私は根性だけで十年以上も生き延びてきたでたらめちゃんですよ？　私が必要とするものは、私のお腹を満たしてくれるもの、それだけです」

「……じゃあ、尚更分からないわね。ただ嘘を食べることだけを考えるなら、どう考えても、お前はその〈泥帽子の一派〉とやらに居続けた方が良かった筈なのに——」

「いいえ羨望桜さん。それが、実はそうでもなかったんですよ」

　ふるふる、とでたらめちゃんは首を振って、「だって、あの人たちをこのまま野放しにしていたら、本当に人類が滅びかねませんからね」

「……は？」

「これは決して大袈裟な物言いではありませんよ。泥帽子によって暴走させられた〈嘘憑

き〉たちは、全員がそれくらいに危険なのです。今はまだ大人しくしてくれていますが、この先彼女たちが本気で暴れ回るようになれば、人間社会なんて一溜まりもない筈です。

　そしてもしも人類が滅びてしまえば、困るのは私です。嘘を吐いて形にしてくれる人間がいないと、私は嘘を食べられないんですから。飢え死にするしかなくなるんですから。

だから私は〈一派〉を裏切ったのですよ、羨望桜さん。世界平和のためなどではなく、100%自分のために、あくまでも自分の『ごはん』のことだけを考えて、元・仲間たちを敵に回す決意をしたというわけなのです」

「……はっ、なによそれ」

　ややあってから、羨望桜は呆れ果てたように鼻を鳴らして、

「結局、どこまで行っても自分の食い扶持の心配ってこと？　本当に最高ね、お前。さっきの敗とかいう嘘に、『畜生』呼ばわりされていたのも納得の生き汚さだわ」

「……ええ、なんとでも言ってください。実際に私が、生き汚い嘘である、というのは疑いようのない事実でしょうからね」

　でたらめちゃんは開き直ったような口調で言う。「ともかくこれで、私が奈良さんの嘘を狙った『本当の理由』についてはご理解いただけたと思います。

　皆さんもよくご存知の通り、私は雑魚です。ただ一匹で〈泥帽子の一派〉に挑みかかるだけでは、勝負になる筈もありません。だからこそ私は、まずは〈一派〉に所属していな

い〈嘘憑き〉の嘘を食べて回って、自分を強化することで、〈一派〉と戦えるだけの戦力を蓄えようと考えたわけです。つまり『死にかけていたから』『一発逆転を狙いたかったから』などというのは、あの場で吐いただけの、ただの方便ということですね。

ちなみに、なぜそんな嘘を吐いたのかと言えば——最初から〈一派〉のヤバさについて説明してしまったら、海鳥さんがビビッて、協力を渋られるかもしれないと考えたからなんですけど」

「………」

傍らの海鳥がなにやら衝撃を受けたように、そして物凄く何か言いたそうな目ででたらめちゃんの方を見てきているが、当の本人は素知らぬ顔で、そっぽを向いている。

「しかし、まさかこんなにも早く〈一派〉から追っ手を差し向けられるなんて、思ってもみませんでした。私のような雑魚が裏切ったところで、強大な〈嘘憑き〉である彼女たちは、歯牙にもかけないに違いない……そう高を括っていたのですが、どうやらたった一匹だけ例外のいたことを、私は迂闊にも見落としてしまっていたようなのです」

「……なるほど。つまりその例外というのが、あの敗って嘘なわけかい、でたらめちゃん」

と、でたらめちゃんの説明に先んじるように、口を開いていたのは奈良だった。「確かに彼女、なんだかキミに対して、やたらと執着を持っているみたいだったしね」

「ええ、奈良さん。敗さんは、〈泥帽子の一派〉にいたときから、私のことを目の仇にしていた嘘です。なにせ彼女は、『嘘・原理主義者』のような嘘ですから」

「『嘘・原理主義者』？　なんだい、それ？」

「嘘は何も余計なことは考えず、ただ道具として、『吐かれたい』という本能にのみ拘泥すべき、というのが敗さんの考え方です。私みたいに、道具としての役目を放棄して『個』の維持に執着するだなんて、彼女からしたら論外もいいところでしょうよ」

ふっ、とでたらめちゃんはくたびれたように息を漏らして、

「私たちは一見生き物のように思えても、本質的には空気中を漂っている空気や塵と何も変わりませんからね。『そんな仮初めの生に執着したところで、一体何の意味がある？』『宿主から見限られたと言うのなら、潔く消滅して、また次の人間に吐かれることを選ぶべきだろう』。昔、敗さんから、散々言われたことです。

彼女のそういう『矜持』のようなものはとにかく徹底しています。だからこそ、そんな『矜持』に著しく反する私の存在をどうしても許すことが出来ず、こうして私が泥帽子から離れたタイミングで、その息の根を止めるためにわざわざ追いかけてきたのでしょう。ご丁寧に自分の〈嘘憑き〉、疾川さんまで引き連れてね」

「……な、なにそれ？　『矜持』に反する？　あの女の人がでたらめちゃんを殺そうとしているのって、そんな理由なの？」

納得できない、という風に声を上げていたのは海鳥だった。

「め、滅茶苦茶じゃない、そんなの……でたらめちゃんが自分たちを裏切ったから、その粛清をしに来たっていうなら、まだ分かる気もするけど……ただ生き方が気に入らないって理由だけで、あなたを殺そうとするだなんてさ……！」

「海鳥さん。そう言っていただけるのは有難いですけど、敗さん相手にそんな人間みたいな理屈は通用しませんよ」

でたらめちゃんは首を振りつつ答えてくる。「とにかく、こうなってしまえばもうおしまいです。敗さんは絶対に私を許さないでしょう。彼女の動機が、100％私への私怨である以上は、もはや説得の余地なんて一ミリも残されていません。

そして当然、〈一派〉の中核メンバーである彼女に、私のような雑魚が挑んで、勝負になる筈もありませんから……潔く『観念』する他ないでしょうね」

「……っ⁉　ちょ、ちょっと待ってよでたらめちゃん！　『観念』するだなんて、そんな……！」

「安心してください海鳥さん、そして奈良さんも。私さえ仕留めれば彼女は満足して、この町から去って行ってくれる筈ですから。

敗さんはああ見えて、〈一派〉の中ではまだマシな部類の嘘なのです。彼女はとにかく、人間を『多少』痛めつけることはあっても、その命を奪うことは絶対にしません。なにせ彼女は、骨の髄までの嘘なので。自分たちを吐いてくれる共生相手の数をむざむざ減らしてしまうだなんて、そんな嘘の風上にも置けないような行為は、彼女の『矜持』に反しますので。

『理不尽』という概念を具現化したような彼女ですが、少なくともその一点、自らの『矜持』に殉じるという姿勢だけには、全幅の信頼を置けます。だから大丈夫です、海鳥さん。私が死ねば、海鳥さんは明日からまたいつも通り、元の日常に戻ることが出来るでしょう」

「……っ、も、戻れるわけないでしょ！　私こんな結末、ぜんぜん納得できてないのに！」

「ええ、もちろん私としても非常に不本意ではありますよ。あなたとの〈嘘殺し〉が、まさかこんな中途半端な形で終わってしまうだなんてね」

でたらめちゃんはそこで、決まりが悪そうに目を逸らして、「でも、もう仕方ないんです。私は命懸けの大勝負に出たにも拘わらず、見立てを誤って、大失敗してしまったんですから。そして失敗した以上、私はもう潔く、その結末を受け入れるしかないのです……」

「——いいや、それは違うぜ、でたらめちゃん」

が。

「……え？」

「ぜんぜん仕方なくなんかない。まだまだ諦めるような段階じゃない。そんな風に悟ったようなことを言って、のこのこと敗のやつに殺されに出向いていくだなんて、たとえ海鳥が許しても、私が許さないぜ」

奈良芳乃だった。

彼女は無表情で、しかし強い意志を込めたような眼差しで、でたらめちゃんを一心に見つめてきていた。

「思うに、キミは一度冷静になるべきだね、でたらめちゃん。今のこの状況は、まったく絶望的でも絶体絶命でもないのに……敗への恐怖心か何かで、それが分からなくなってしまっているみたいだからさ」

「……はあ？」

「だって、考えてもみなよ。敗がわざわざ自分から、キミの命を奪いに来たっていうのならさ――反対に私たちで、敗を返り討ちにすればいいだけじゃないか」

「……！　な、なんですって？」

ぎょっとしたように声を漏らすでたらめちゃん。

対して奈良は、無表情で頷いて、

「ああ、そうともさ、でたらめちゃん。さっき私が海鳥の部屋で提案したことと同じだよ。あんな滅茶苦茶な女は、でたらめちゃんのごはんにしちまえばいいのさ。私と海鳥と、でたらめちゃんと羨望桜、この場にいる全員で、力を合わせてね」

……などと、海鳥たちがファミレスで話し込んでいる、同時間帯にて。

夜のいすずの宮を、目元を包帯でぐるぐる巻きにした病院服の女と、ロングスカートを穿いた茶髪の女が連れ立って歩いていた。

「――くそっ！　思いのほか回復に手間取ってしまった！　どこまで逃げた、あのネコども！」

そう苛立ったように言う、病院服の女――敗。

「忌々しい、あの女……！　人間の分際で、こちらが友好的に接していたら調子に乗りやがって……！」

先ほど奈良から受けた攻撃を思い出したのか、敗は怒りに口元を歪めて、

「そう時間は経っていないのだから、それほど遠くには逃げられていない筈だが……問題はこれだ……！」

ぐるり、と周囲を見渡してから、彼女は忌々し気に舌を鳴らすのだった。

敗たちの周囲を歩いているのは、老若男女さまざまの通行人たち……だがそんな彼ら彼女らの顔は、有り得ないことに、まったく同じ顔に統一されている。

「この光景は、間違いなくあの女の嘘の仕業だろうが……こんな風に嘘の匂いを撒き散らされては、私の鼻が上手く機能しない……！　鬱陶しいことこの上ないぞ……！」

ぴきぴき、と額に青筋を浮かべる敗。「というか、これはもう完全に私に喧嘩を売って

いるよな……!? ふん、いいだろう！　さっきは本当に〈一派〉に加えてやろうと思っていたが、気が変わった！　あの女の嘘も、ネコもろとも地獄に送ってやる……！」

「…………ねえ、敗ちゃん」

と、そんなときだった。

敗の傍らを無言で歩いているだけだったロングスカートの女、疾川は、そう出し抜けに口を開いていた。「……あなた、本当にでたらめちゃんを殺すつもりなの？」

「……なんだと？」

敗はその場に立ち止まって、疾川の方を振り向く。

「だ、だって……でたらめちゃんとは、一応は仲間だった時期もあったでしょ？　い、いくら泥帽子さんを裏切ったからって……殺しちゃうのは、流石に可哀想っていうか……」

「…………」

果たして敗は、しばらくの間、何も言わずに疾川の方に顔を向け返していた。が、次の瞬間、「この愚図がっ！　何をこの私に文句を垂れているんだ、お前はっ！」

「うっ！」

敗の拳骨が、容赦なく疾川の頭部に振り下ろされていた。疾川は、短い呻き声を上げたのち、その場に崩れ落ちてしまう。

「愚図っ！　愚図っ！　愚図っ！　愚図がぁ～！　いつもいつもいつも私の命令がなけれ

ばロクに動けない癖して、こんなときにだけクソ生意気に自己主張するなぁ～！　どれだけ私を不愉快な気持ちにさせれば気が済むんだ、お前はっ！」

「……っ！　ご、ごめんなさい……！　ごめんなさい……！」

がしがし、と敗は自身の足で、地面に転がる疾川の身体を、何度も蹴りつけていく。一方の疾川は身体を丸くしたまま、苦しそうに謝罪の言葉を連呼するばかりだった。

そんな暴力的な光景に、通行人たちはぎょっとしたように足を止めて、敗たちの方を眺めてくる。

「――なんだ貴様らっ！　私のすることに文句でもあるのか！」

だが、そんな敗の一喝が轟くと共に、通行人たちはそそくさとその場を立ち去っていった。関わり合いになると厄介だと判断したらしい。

「……ふん、下等生物どもが」

去っていく通行人たちの後ろ姿を眺めながら、敗は吐き捨てるように言い、「……ん？」ふたたび疾川の方に目を移して、驚いたように声を上げていた。

「……なんだ？　何をしているんだ、疾川？」

「……っ～～～！」

疾川は先ほどと変わらず、地面に蹲ったままだったが、何故か『両手』だけを服の中に隠していた。

まるで、その部分だけは敗の蹴りの被害を受けないように、守るように……。

「……はっ！　疾川、お前、まだそんなに自分の手が大事なのか？」

「…………」

「これは傑作だな。この期に及んで、まだ自分が『外科医』のつもりでいるとは……まあ、どうでもいいことだが」

言いながら敗は、懐から何やら『小型の機械』のようなものを取り出すと、足元の疾川に投げ渡していた。「いいから、さっさとお前の役目を果たせ。らしくもない口答えをしたり、もはや何の意味もない職責など思い出している暇があるのならな」

「……！　これ、は……！」

果たして、投げ渡された機械を見た瞬間、疾川の顔色は変わっていた。

それは、イヤホン付きのテープレコーダーだった。

「さあ、聴くんだ疾川」

「………うん」

何かにとりつかれたような、虚ろな表情で疾川は頷くと、イヤホンを耳に装着し、レコーダーのスイッチを押し込む――イヤホンから、録音されていた音声が流れ始める。

「……あ、ああっ！　あああああっ！」

そして、音声が流れ始めた途端に、イヤホンを装着した疾川の表情が、たちまち蕩けていく。「泥帽子さん……！　泥帽子さん……！」

「そうだ、いいぞ疾川。その泥帽子特製の『催眠テープ』で、いつものように傷付いた心を癒してもらえ」

そんな疾川の変貌ぶりを眺めながら、敗は満足そうに声を漏らすのだった。「お前の『想い』が短期的にでも高まれば、必然的に私の力も強化される。ネコはもちろんのこと、あの鬱陶しい、サクラ髪のガキに遅れを取ることもなくなるのだからな……！」

「と、突然何を言い出すんですか、奈良さん？」

でたらめちゃんは唖然としたような声を漏らしていた。

「敗さんを、返り討ちにする……？　この場にいる全員で、協力して……？」

「ああ、この上なくシンプルな解決策だろう？」

でたらめちゃんを真っ直ぐに見つめ返しつつ、奈良は答える。

「敗のせいでキミが殺されてしまうというのなら、反対にその敗を、この世から消滅させちまえばいいんだよ。そうすればキミの命が脅かされることもない。子供にだって分かる単純な理屈さ。

確かに、あの敗という嘘は強力で、でたらめちゃん一匹ではとても太刀打ちできないかもしれない。潔く殺される他ないかもしれない。でも、もしも私と羨望桜が助太刀したら？　向こうと同じく、たった一握りの〈嘘憑き〉である私がでたらめちゃんの側に立つのなら、現状の絶望的な戦力差をひっくり返すというのも、決して非現実的な話じゃないと思うんだけど――」

「……ちょ、ちょっと待ってください、奈良さん」

が、弱々しい声音で、でたらめちゃんは奈良の言葉を遮る。

「それは奈良さんたちに協力していただけるのなら、確かに私一匹で挑むよりも、遥かにまともな勝負にはなるでしょうけど……それでも、敗さんに勝つことは難しいと思います。純粋な、嘘同士の力比べの問題ですよ。それは元々の『想い』の丈だけで言うのなら、奈良さんたちは決して敗さんたちに劣っていない……どころか、むしろ上回ってさえいるかもしれませんが、忘れてはいけないのは、向こうには『泥帽子の催眠』という虎の子がついている、ということです」

「……なるほど。つまり向こうは催眠という『ズル』が出来るから、正攻法で戦うしかない私たちには分が悪いって話かい？」

「さっき敗さんから逃げ切ることが出来たのは、あくまでも不意を突けただけで、それが二度も続くとは思えません。そして今ごろ敗さんは、疾川さんに『泥帽子の催眠』をテープレコーダーか何かで聴かせて、その『想い』を高めさせていることでしょう……勝ち目なんて、どこを探したってありませんよ」

「――そ、そのネコの言う通りよ！　一体何を考えているの、芳乃！」

と、そんな二人の会話を遮るようにして、横合いから羨望桜の金切り声が上がっていた。

「そいつと意見が一致するだなんて虫唾が走るけれど、これぱっかりは私もあなたを止めざるを得ないわ！　そんな奴を助けるためにさっきの嘘とぶつかるなんて、危険すぎるし……そもそも、そんなことをしても、私たちには何のメリットもないじゃないの！」

「……おいおい、落ち着けって羨望桜。そんなに大きな声を出さなくても聞こえてるよ」

羨望桜の喚き声に、奈良はやれやれ、という風に肩を竦めて、

「キミの意見ももっともだけれど、まずは『やる・やらない』よりも、『出来る・出来ない』の話を先に詰めてしまおうぜ――実際に私は、でたらめちゃんの言うほど分の悪い勝負だとは思えないんだよね」

言いながら奈良は、テーブルを挟んだ向こう側に視線を送って、

「その『泥帽子の催眠』とやらがどれだけ強力かは知らないけれど、なにせこっちには、海鳥東月がいるんだからね」

「……え？」

呼びかけられて、海鳥はハッとしたように身体を震わせる。

「な、なに？　私がどうしたって？」

「おいおい海鳥。そもそもの話を思い出してみなよ。今日、どうしてでたらめちゃんが、キミの前に現れたのかと言えば――キミの〈本音の刃〉の力で、ターゲットである私の『想い』を殺して、私の嘘を弱体化させるため、だったろう？

それと同じ理屈で、今度は敗を弱体化させてしまうんだよ。キミの〈本音の刃〉でね」

揺れる海鳥の瞳を、奈良は真っ直ぐに捉えて言う。

「向こうが『泥帽子の催眠』で強化されているというのなら、逆に私たちでも倒せるレベルまで、弱体化させればいいだけの話だろう？　つまり最初にでたらめちゃんが提案したことと同じさ――私たちは今から、変則的な〈嘘殺し〉に挑むというわけだよ」

「……変則的な、〈嘘殺し〉？」

「もうターゲットは私じゃなくて、あのロングスカートを穿いた、茶髪のおねーさんなわけだけどね」

奈良は言いながら、無表情で宙を見上げて、「確か……疾川さんとか呼ばれていたっけ？　要するに、彼女さえ説得しちまえば、その時点で私たちの勝利は確定するわけだ。どれだけ敗が強かろうと、そのエネルギー供給源を絶ってしまえば、嘘なんて恐るるに足らない――そう私たちに説明したのは、他ならぬキミだった筈だぜ、でたらめちゃん。

だったらせめて、あのおねーさんについての情報を、私たちに話すくらいはしてくれてもいいんじゃないのかな？　もう無理だって、殺されるしかないって、全部諦めてしまう前にさ」

「…………」

奈良の言葉を受けて、でたらめちゃんはしばらくの間、何事かを逡巡するように目を泳がせ続けていた……が、やがて観念したように溜め息を漏らして、

「……あの女の人は、疾川いたみさんとおっしゃいます。彼女は医者です」

「医者？」

「ええ、それもただのお医者さんではありません——かつては海外の医療現場でその手腕を振るわれていた、『天才外科医』なのです」

でたらめちゃんは静かに言う。「疾川さんという人間を一言で言い表すとしたら、それは『手術の天才』でしょう——まだ20代半ばの日本人女性だと言うのに、外科手術の世界において、彼女の名前を知らない人間はいないそうです。曰く、『人を救うためではなく、手術をするために生まれてきた女』だと」

「……なにそれ？」

でたらめちゃんの説明に、奈良は無表情で首を傾げていた。

「ちょっと意味がよく分からないんだけど。要するに、難しい手術をいくつも成功させてきたってこと？」

「いいえ奈良さん。難しい手術をいくつも、ではありません。なにもかもです」

首を振ってでたらめちゃんは答える。

「かつて世界に存在した、『実現不可能』と呼ばれていた難手術の数々――その全てを、疾川さんはご自身の才能を以てして、根こそぎ成功させてしまったのです」

「……はあ？　全てって、本当に全て？」

「ええ、全てです。疾川さんに成功させられない手術はこの世に存在しません。ですから現状この世界には、『実現不可能』な手術なんて既に一つも残されていないということになります。もっともそれは、『執刀医が疾川さんであること』が前提になるので、実際の医療現場においては、依然として『不可能』のままと言って差し支えないんですけどね」

「い、いやちょっと待ってよでたらめちゃん」

と、怪訝そうに声を上げていたのは海鳥だった。

「天才外科医って、それ、本当の話なの？　さっき私の部屋で見かけた限り、あのお姉さん、そんな凄そうな人にはぜんぜん見えなかったんだけど」

「人は見かけによらないということですよ、海鳥さん。それにあの人は、もう外科医を引退されて長いですからね」

「引退？」

「ええ、数年前に。それこそ現役の頃はもう少し溌剌とした方だったみたいですよ。私は医者を引退した後の、〈嘘憑き〉になってしまった後の疾川さんしか知らないので、あくまでも伝え聞いた情報でしかないのですけど」

「……っていうかさ。そもそも、そんな年齢で外科医ってなれるものなの？」海鳥は尚も質問を重ねる。「確かお医者さんって、一人前になれるまでは、結構時間がかかるものじゃなかったっけ？　今の時点で20代半ばって、どう考えても若すぎると思うんだけど」

「それは若くて当然ですよ。あの人は日本ではなく、海外で医師免許を取られた方ですからね」

「い、いやいや、海外だろうとそこまで違いはない筈でしょ？」

「特例、というやつですよ、海鳥さん――あの方は、その超常的なまでの手術の腕前を認められて、『これは一日でも早く現場に立たせた方が社会の利益になる』という判断で、10代にして特別に医師免許を与えられたのです」

「……え、ええ？　なにそれ？　そんな漫画みたいな話、本当にあるの？」

「知りませんよそんなこと私に訊かれても。どれだけ荒唐無稽に思えようと、実際に起こったことである以上は事実として受け入れる他ないでしょう。とにかく疾川さんは数年前まで、弱冠二十歳の天才外科医として、世界中の医療現場でその腕を振るわれていたわけですが……しかしあるとき、何の前触れもなく、突然に医者を引退してしまわれました」

「……はあ、突然に引退ね」

海鳥は思案するように眉をひそめて、「ちなみに、それはどうしてなの？　重大な医療ミスをしちゃった、とか？」

「いいえ、彼女は手術においてミスをしたことなど一度もありません。だからこそ、です。彼女は医療ミスをしたことがなかったからこそ、外科医を廃業してしまったのですよ」

「…………⁇」

「あの方は、『人を救いたいから医者になった』のではなく、『ただ手術をしたいから医者になった人』、ですからね。

　なんのことはありません。外科手術の天才である彼女は、難しいゲームに挑戦するような気持ちで、それこそスポーツ感覚で手術に挑んでいたというわけです。そしてあるとき、この世には自分を愉しませてくれるような手術が一つもないことに気付いて、絶望してしまいました」

「……はあ？」

「だから彼女は嘘を吐いたのですよ。自分でも成功させられるかどうか分からないような、歯ごたえのある手術に挑みたい。それが本当であってくれるのなら、死んでもいいって」

　ふう、とでたらめちゃんは脱力したように息を漏らして、

「まったく奇矯な人間というのは、どこにでもいるものですよね。とにかくそのようにして、敗さんは生み出されました——彼女の嘘としての能力は、ギリギリ即死しない程度のダメージを、ありとあらゆる人間・生物に与えることです。

例えば、さっき私の足首が切断されてしまったのも、あの人の能力によるものです。敗さんの攻撃をまともに受けた生物は、絶体絶命、それこそ疾川さんでも治せるかどうか分からないほどの窮地にまで追い込まれてしまいます……そしてそれを、疾川さんが治してしまうというわけなのです」

「……な、なにその、はた迷惑すぎる自作自演。妖怪の『かまいたち』みたいな」

海鳥は呆れたように言ってから、「でも、それってわざわざ嘘の力に頼らないと実現できないことなの？　法的に許されるかどうかは別にしても、普通に自分で誰かを傷付けて、それから治せばいいだけの話に思えるんだけど」

「いいえ、それは違いますよ海鳥さん。人間の手でつけられるような傷で、疾川さんの手を煩わせるようなものなんて一つもありませんし――それに、ただ重傷を負わせればいい、というものでもありませんからね。極端な話、既に死後数日が経過しているバラバラ死体、『不可逆状態』の患者を目の前に持って来られても、疾川さんにはどうすることも出来ません。だから彼女の望んでいるのはあくまで、『自分がギリギリ助けられるかもしれないくらいの致命傷』というわけなのですよ」

「……なるほど。確かに、そんな都合のいいものを何度も生み出してくれる存在と言ったら、嘘しか有り得ないだろうね」

と、しばらく無言で聞き入っていた奈良が、なにやら感心したように口を開いて、

「敗、とはよく言ったものだ。するとあの女は、生物相手なら、どんな病気や怪我でも好きに負わせることが出来るというわけかい？」

「ええ、とても凶暴な能力ですよ」

でたらめちゃんは神妙な顔つきで頷き返していた。

「それこそ、敗さんがその気になれば、この町に住む全ての人間に致命傷を与えることだって、わけない筈です。それをしないのは、『嘘を吐いてくれる共生相手を出来るだけ減らしてはならない』という『縛り』が、彼女の中にあるから……それがなければ、海鳥さんも奈良さんも私も、今ごろとっくにお陀仏でしょうよ」

「……でたらめちゃん、くどいようだけど、それって本当に本当の話なの？」

と、尚も納得できなそうに問い掛ける海鳥。

「私、あの気の弱そうなお姉さんが、他人を平気で傷付けられるような残酷な人だとは、どうしても思えないんだけど」

「……ううん、どうでしょうねぇ」

と、海鳥の言葉に、でたらめちゃんはなにやら思案するように眉をひそめて、

「正直、私は疾川さんと二人きりで深い話をしたことはないので、これは完全に推測なんですけど……あの人はもう、〈嘘憑き〉を辞めたがっているのではないかと」

「辞めたがっている？」

「〈嘘憑き〉には割とよくあることですよ。ずっと心の中に抱えていた願いが、いざ叶ってみたら、なんだか思っていたものと違っていた、みたいなね。それでも辞めることが出来ないのは、泥帽子に催眠をかけられて、無理やり『想い』を繋ぎ止められているから、なのでしょうが」

「……まあ、あの二匹のやり取りを見ていれば分かるわよね」

と、しばらく黙っていた羨望桜が、久しぶりに口を開いて、

「完全に嘘の方に主導権を握られて、パワーバランスが逆転しているって感じだったもの。宿主の方がヘタレだから、ああいう関係になるのよね。私と芳乃とは大違い」

「しかしそういうことなら、可能性は十分にあるように思えてくるぜ、でたらめちゃん」

と、なにやら確信を込めたような口調で、奈良は言う。

「本人が実は〈嘘憑き〉を辞めたがっていると言うなら、後はもう、その背中を押してやればいいだけの話なんだからさ」

「…………」

が、一方のでたらめちゃんは、そんな奈良に対して、戸惑いの眼差しを向け返していた。

「……ちょっと待ってください。やっぱり私には分かりませんよ、奈良さん。つい勢いに流されて、疾川さんのこととか、色々喋ってしまいましたけど……そもそもどうしてあなたが、私に対してそんな提案をしてくるんですか？

奈良さんにしてみれば、私は今日知りあったばかりの訳の分からない人間もどき。どころか、自分の大切な嘘を殺そうとしてきた、憎き敵の筈でしょう？　それなのに、どうして……」

「……ふん、それは意味のない質問というものだね、でたらめちゃん」

奈良は億劫そうに息をついて、「今までの過程がどうあろうと、重要なのは、今の私がキミのことを助けたいと思っている、という事実だけなんだからさ。それとも何かい、でたらめちゃん？　キミはそんなに、私に味方になってほしくないのかい？」

「……い、いえ、別にそうは言っていませんけど」

「言っとくけど、私は何も、タダでキミの味方になるわけじゃないからね」

「え？」

「当たり前だろう？　流石の私も、そこまでお人よしじゃないってば。こっちもそれなりのリスクを背負ってキミに助太刀するからには、その見返りとしてキミにも相応の対価を支払ってもらわなきゃ、割に合わないからね」

「……対価、ですか？　しかし、そんなことを言われましても、今の私に奈良さんにお渡しできるものなんて――」

「別になにもいらないよ。ただ、『約束』してくれればそれでいい」

「……約束？」

「ああ——海鳥東月に、必ず嘘を手に入れさせるって、約束してほしい」

「……は？」

短く声を漏らして、ぽかん、と口を開けて固まるでたらめちゃん。

そんな彼女に対して、奈良は尚も言葉を続けていく。

「キミはそもそも、そんな口約束をして、海鳥を〈嘘殺し〉に巻き込んだんだったね。だったら最後の最後まで、自分の言葉には責任を持ってもらおうじゃないか。キミの都合で海鳥を巻き込むからには、全てが終わった後、キミには絶対に、この子の願いを叶えてもらう。その命に代えてでも、この子が嘘を吐けるようになるのに、尽力してもらう。ただの口約束でもいいから、今この場でそう誓っておくれよ、でたらめちゃん。それは私がキミを助けてあげるという、唯一無二の『理由』になるだろうからね」

「……な、なんですか、それ？」

淀みなく述べられた奈良の言葉に、でたらめちゃんは訳が分からない、という風に、息を漏らしていた。「海鳥さん？　また海鳥さんですって？　あなたそういえば、さっきも同じようなこと言っていましたよね？」

「うん、まあね。だって私、海鳥の『味方』だからさ」

奈良は淡々と答えつつ、ちらり、と正面の海鳥に目線を向けて、

「どんな状況だろうと、誰がなんと言おうと、本人がどう言おうと、天地がひっくり返ろ

うと――とにかく私は、海鳥の『味方』のつもりでいるからさ。この子の助けになるようなことは、出来る限り、なんでもやってあげたいんだよね」

「………」

が、そんな言葉をかけられた海鳥の表情もまた、でたらめちゃんに負けず劣らず、戸惑いの色に彩られていた。

「……い、いや、私もぜんぜん分からないってば、奈良」

ややあって彼女は、そう絞り出すように言葉を返す。「な、なんで私なんかのために、そこまでしてくれるの？　私たち、そこまで長い時間を過ごしてきたわけでも、そこまで深い付き合いをしてきたわけでもないでしょ？　それなのに、どうして……」

「……。そりゃあ、キミには分からなくて当然だよ」

若干の沈黙の後、奈良は言う。

「だってキミ、一年前のあの日のこと、あんまり憶えていないみたいだからね」

「……え？」

「あのお好み焼き屋さんで、キミが私にしてくれたこと。私がキミに、大きな『借り』を作ってしまったこと。その全部を憶えてないっていうんじゃ、私がキミに親身になる理由が分からなくても、無理ないだろうね。

……まあ、そもそも、憶えている筈ないんだけどさ。だってあの夜のキミ、『正気』じゃなかったもの」

「……⁇」

「――で、どうするんだい海鳥？　私の意思はたった今話した通りだけど、実際にこれから敗と戦うかどうかは、もうキミの気持ち次第だぜ」

改めて奈良は、海鳥に問い掛けてくる。

「正直、これは命の危険のある話だ。でたらめちゃんが言うには、敵さんには『人間を殺さない』なんて『矜持』があるらしいけれど……果たしてそれがどれほど信頼のおける『縛り』なのか、私は甚だ疑わしいと思っているからね。いよいよとなれば、敗は何の躊躇もなく、私たちにまで致命的な危害を加えようとしてくるだろう。

だからよく考えて決断するんだ、海鳥――キミはでたらめちゃんを助けるのか、それとも、助けないのか？」

「………………」

問い掛けられて、海鳥は数秒の間、沈黙する。

色々なことが、様々な思いが、彼女の頭の中をぐるぐると回る。

「……わ、私、私は――」

7　決戦の児童公園

「ええ、元よりこちらもそのつもりでしたよ。これ以上、この仕事を続けていても、私の『使命』達成に役立つことはなさそうですから。契約の更新なんてこっちから願い下げです。今日まで、お世話になりました」

と、そう言ってから。

15歳の奈良芳乃(ならよしの)は、件(くだん)の社長室を退室していた。

そして、奈良が社長室を飛び出した、その直後だった。

「──芳乃っ！」

ドアの外で待ち構えていたらしい、スーツ姿の女性が、慌てたように彼女に呼びかけてきていたのは。

「……っ!?」

果たして、その女性の姿を一目見た途端、奈良はぎょっとしたように息を漏らしていた。

「ママ!?　なんでここに……!?」

「ご、ごめんなさい芳乃！　どうしても外せない仕事が長引いて、遅くなっちゃったの……！」

その女性は、ぜーぜーと荒い息を漏らしながら、奈良の方を見つめてきている。

年は40代前後といったところ。赤みがかったショートカットに、小柄な体躯。その顔立ちは非常に整っており——何よりも奈良芳乃のそれと、かなり似通っている。

「そ、それで芳乃！　社長さんとの話し合いはどうなったの!?　まさか、もう終わっちゃった!?」

「…………」

しかし奈良は、そんな女性——自分の母からの問い掛けに、しばらく何も答えようとしなかった。

彼女は無表情で、しかし明らかに何か言いたげな眼差しで、母の方を見つめている。

「……なんで来たのさ、ママ？」

ややあって奈良は、そう鬱陶しそうに口を開いて、

「私、別に来なくていいって言ったじゃん……今日のことは、ママには一切関係のないことだからって。私一人で解決できる問題だから、出しゃばらなくていいって」

「……っ！　そ、そんなこと言われて、本当に来ないわけにはいかないでしょう！　あなたはまだ子供で、私はあなたの保護者なんだから！」

奈良母は言いながら、とたとた、と奈良の佇んでいる方へと歩み寄って来る。

「そ、それに今、芳乃が出てきた部屋から、もの凄い怒鳴り声が聞こえて来ていたし……もしかしてあなた、社長さんに、何かキツイことでも言われたんじゃないの？」

「…………っ」

そう心配そうに尋ねてくる母親に対して、奈良はぷいっ、と視線を逸らして、「別に！ママに心配してもらうようなことは何もないよ！　ただクビを言い渡されたってだけ！」

「……え？」

「私みたいな異常者、この事務所にはいらないんだってさ。他にも『キミは頭がおかしい』とかなんとか、色々言われたけど」

「…………っ！」

と、そんな奈良の言葉を受けて、奈良母は悲痛そうに表情を歪める。

「……芳乃！」

そして次の瞬間、彼女は一気に奈良の方に駆け寄ってくると、その華奢な身体を、思い切り抱きしめていた。

「――っ!?　ちょ、ちょっとママ、なにするの!?」

「……ごめん、ごめんね芳乃。あなたがそんな辛い思いをしているときに、傍にいてあげられなくて。あなたはしっかりしているように見えて、まだたった15歳の女の子でしかないのに」

娘の耳元で、奈良母は、心から申し訳なさそうに囁いてくる。

「でもね芳乃……これだけは分かって。あなたが誰に何を言われようと、どう思われようと、少なくともママとパパだけは、どんなことがあってもあなたの『味方』だからね」

「……え？」

「あなたがどんな考えの持ち主だろうと、別にどうでもいいことなのよ。そんなこととは全然関係なく、とにかくあなたが『とっても良い子』なんだってことを、私たちはちゃんと分かっているんだから……！」

「………」

だが、そんな母の優しい語り掛けに、奈良芳乃は、

「……なにそれ？」

「……え？」

「どんなときでも『味方』って……て、適当なこと言わないでよ！」

ばんっ！

と、自分を抱きしめてくれていた母の身体を、思い切り突き飛ばしていた。

「きゃっ⁉　ちょ、ちょっと、芳乃⁉」

「……本当にママとパパが、私の味方だって言うんならさ」

ぱんぱんっ、と服から埃を払うようにしながら、奈良は言う。

「じゃあ、なんで二人とも、まだ整形手術を受けてくれていないの？」

「……え？」

「私、何回も何回も言ってるよね？　ママとパパに、私と同じ顔に整形してほしいって！　それが神様から与えられた私の『使命』だからって！　なのに二人とも、ぜんぜん私の言うこと聞いてくれないじゃん！　理解してくれないじゃん！」

「………………」

果たして、そんな奈良の逆上ぶりに、奈良母はしばらくの間沈黙していたが、

「……い、いや、そんなこと言われても。娘と同じ顔に整形とか、意味分からないし」

と、冷静な声音で、ごくごく常識的な一言を返して来ていた。

「はあ⁉　い、意味わかんないって、なにそれ⁉　私、これまでママのために、さんざん説明してきてあげたのに！」

「だ、だから、分からないものは分からないんだってば……！　ご、ごめんなさい芳乃。ママにはちょっと、あなたの言っていることが難しくて、よく理解できないのよ……！」

「…………っ！」

「で、でも芳乃、これだけは分かって！　ママもパパも、あなたのそういうちょっと風変わりな一面も含めて、世界で一番に愛しているのよ！　とにかくこのことだけは、本当に本当のことだから──」

「――もういいっ！　ママのあほっ！」

と、まるで拗ねた子供のような口調で、奈良は母親の言葉を遮っていた。

「どうせママやパパみたいな『普通の人』たちには、私の苦しみなんて、分からないんだよ……っ！　今日晩ごはんいらないからっ！」

などと、それだけ言い残して、彼女は事務所の非常階段の方へと駆け出してしまう。

「あっ！　芳乃、待って！」

「ううっ、ぐすっ、ぐすっ……！」

――走り去る奈良の瞳には、大粒の涙が滲んでいた。

その夜。

駅前のベンチで、奈良芳乃は一人、すすり泣いていた。

「――あほっ！　あほっ、あほっ、あほっ！」

駅から出て来る通行人たちなど気にも留めず、彼女は何もない虚空に向かって、ひたすらに怨嗟の声を漏らしていく。

「どいつもこいつも、あほばっかり……！」

しかしどれだけ泣き喚こうと、彼女の無表情が崩れることは、やはり絶対にない。

「……お腹空いたな」

やがて、ひとしきり泣き叫び終えた奈良は、力なく呟いていた。もう時刻は夕飯時をとっくに過ぎている。あんなことを言って母親の元を走り去った手前、素直に家に帰るわけにもいかない。なにかがっつりとしたものでも食べに行きたい気分だった。例えば、彼女の大好物である、お好み焼きのような――

「――ちょ、ちょっと、奈良さん？　大丈夫？」

と、そのときだった。

奈良の意識の空白を切り裂くようにして、見知らぬ少女が、彼女に声をかけてきたのは。

奈良は驚きと共に顔を上げて、その声の主をまじまじと見つめ返す。

「……誰だっけ？」

奈良はまず、反射的にそんな言葉を漏らしていた。しかしよく観察してみれば、どこかで見たことのあるような気もしないでもない。そもそも相手の身に着けている制服は、奈良の着ているそれとまったく同じものだ。つまり、奈良が春から通い始めた県立いすずの宮高校の同級生、ということだろうか？

背の高い少女である。顔の整い様はそれなり。もちろん奈良のそれとは比較にならないのだが、それでも世間一般の価値基準からすれば、普通に『可愛い』部類には入るのだろう。長く艶のある黒髪を、腰の辺りまで伸ばしている。そして何よりも、胸が大きい。

「…………」

奈良は一瞬だけ、その少女の胸を食い入るように眺めてしまっていた。

詰め物でもしているのか？　と思わず疑ってしまうほどに、その胸の膨らみは、平均的なサイズを遥(はる)かに上回っていた。そのあまりの重量感に、ブレザーの制服が、今にもはちきれそうになってしまっている。彼女がつい先ほどまで所属していた事務所の、グラビア部門にすら、これほどの巨乳の持ち主はいなかった。

反射的に奈良は、自分の胸元へと視線を落としていた。すとん、と何の障害もなく足元まで見通すことが出来る、なだらかな胸元。とても目の前の少女と、同じ制服を着ているとは思えない。

——と、そこまで考えて、奈良はようやく思い出す。そういえば入学式の直後、クラスでの自己紹介で風変わりな名前を名乗っていた、胸の大きな女子生徒がいたことを。

「ああ、キミ、なんか見覚えあるな。同じクラスだよね？　確か、名前がちょっと変わっている……」

「ようやく見つけたぞ、ネコ」

春の夜空の下に、敗(やぶ)の冷ややかな声が響く。

もう数時間で日付も変わろうかという時間帯、駅からやや離れた場所にある、児童公園にて、数人の少女たちが向かい合っていた。

敗、疾川いたみ、でたらめちゃん、奈良芳乃――そして羨望桜。

「そこの赤い髪の〈嘘憑き〉のおかげで、見つけるのに随分と苦労させられたものだ……しかし、その反抗的な目を見る限り、観念して出て来たというわけでもなさそうだな」

「………」

ネコミミパーカーを深く被ったでたらめちゃんは、無言のまま敗を睨み返している。

「ふん、どこまでも可愛げのない畜生だな……そういえば、さっきはもう一人ほど人間がいたように思うが、どこに行った？　この公園内には姿が見えないようだが？」

「海鳥のことなら、当然別の場所に避難させたぜ」

と、敗の問いかけに無表情で答えていたのは、奈良だった。

「キミみたいな、危険極まりない嘘の前に、〈嘘憑き〉でもない生身の人間を立たせるわけにはいかないからね」

「――はっ！　おいおい、見くびるなよ人間。この私が、生身の人間を殺傷するとでも？」

呆れ果てたように敗は息を漏らして、

「そのネコからも聞いているだろう？　私はこれまで、人間を殺したことはただの一度もないんだ。痛めつけたことなら何度もあるがな。それこそ私の能力のせいで、未だに病床から起き上がれずにいる人間は数えきれないだろうが、それでも殺したことだけはない。

私の嘘としての『矜持』が、嘘を吐ける共生相手の殺害を絶対に許さないからだ」

敗は言いながら、傍らでずっと黙ったまま突っ立っている、疾川いたみの身体を抱き寄せて、「ちなみに、私はどれだけ危険な場所に赴くことになろうと、絶対に疾川を手元から離したりしないぞ。24時間365日、風呂に入るときも寝るときもずっと一緒だ。なぜなら私はこの女のことを、一ミリたりとも信用していないからだ。だから今回の旅にも同行させた。こいつを危険から遠ざけるのには、私の傍に置いておくのが、一番確実だからな」

「………」

抱き寄せられた疾川いたみは、虚ろな瞳をしたままで、何も言葉を発そうとしない。

「まあ、いい。ともかく御託を並べる時間は終わりだ、人間。いかにお前が優れた〈嘘憑き〉だろうと、我々の『味方』になるつもりがないというのなら、『敵』として粛々と排除するだけだ。そのネコもろとも、お前の嘘もあの世に送ってやる。覚悟しろ……！」

「――いいえっ、覚悟するのはお前の方よっ、包帯女！」

と、まず仕掛けたのは奈良の傍らに立つ、羨望桜だった。

彼女は叫びながら、先刻と同じく、自分の目の前におびただしい『刃物』を出現させる――そしてその全てを、正面の敗に対して一斉に降りかからせる。

目にも留まらぬ速度の先制攻撃に、敗は回避行動を取る間もなく、全弾の直撃を受けてしまう。ぶちぶちっ、と肉が刃物に切り裂かれるような音が、辺りに響く。だが……。

「言っておくが、さっきまでの私と同じと思うなよ？」

果たして、全身を刃物で切り刻まれた筈の敗は、まったくの無傷だった。

「お前たちがコソコソと隠れていた間に、私はたっぷりと泥帽子の催眠を受けることが出来たのだ。その強化が一体どれほどのものか、存分に思い知らせてやろう」

言いながら敗は、羨望桜の方に向けて、その両腕を突き出してくる——と、その途端、彼女の正面に、巨大な『包帯』のようなものが何枚も出現していた。

「もはや貴様など相手にならんぞ、サクラ髪！」

そんな敗の怒号とともに、包帯の群れが、今度は羨望桜の方へと一斉に襲い掛かる。

「ぎゃあっ!?」

一瞬の内に、羨望桜の細長い四肢に包帯が巻き付き、彼女を縛り上げていた。「……〰っ！」がんじがらめにされた彼女は、その場で動けなくなってしまう。

「——ふっ、ネコの方はどうとでもなる。まずはお前からだ、サクラ髪。こうして実力差が開いたとはいえ、やはりお前はそれなりに厄介だからな」

「——っ！　あああっ……！」

と、強い力で締め上げられたのか、またも絶叫を上げる羨望桜。

「——羨望桜っ！」

「……っ！　大丈夫よ、芳乃……！　これくらいなんともないわぁ！」

後ろから飛んでくる奈良の叫び声に、羨望桜は引きつったような笑みを浮かべて、言葉を返していた。「正直、なんでそのネコのためにこんなことをしなくちゃいけないのか、私にはさっぱり納得が出来ないけれど……芳乃が『やる』と決めた以上は、私も、全力を尽くすだけなんだから……！」

言いながら羨望桜は、またも『刃物』を空中に出現させ、敗に向けて反撃をしかけていく。……が、どれだけ刃の先端が敗の身体に突き刺さろうとも、当の本人は涼しい笑みを浮かべたままで、まるでダメージを受けていない様子だった。

「はははっ、お前の宿主も馬鹿な判断をしたものだなぁ！　もしも泥帽子のところに来ていれば、お前も私と同じくらい強く――いや、私を上回るほどの強さを手に入れていたかもしれないのに！」

「………………」

――と、そう高笑いをしている敗の背後に、そろりそろり、と忍び寄る影があった。

彼女はネコミミパーカーを揺らしながら、足音を殺して、敗のいる場所へ――否、敗の傍らに佇んでいる、疾川いたみのいる方へと近づいていこうとする。

だが――。

「ふん、小賢しい！」

「ぎゃっ！」

果たして、忍び寄ろうとしていた少女――でたらめちゃんは、予兆なく放たれた敗の『包帯』に全身を弾かれて、後方へと吹っ飛んでしまっていた。

「私がサクラ髪に集中しているタイミングなら、上手く隙をつけると思ったか、ネコ？」

「…………っ！」

「残念だったな。お前たちの狙いなどそもそも見え透いているのだ」

ごろごろ、と公園の土の上を転がるでたらめちゃんに対して、後ろを振り向くこともせず、敗は冷たく言葉をかけてくる。

「お前たちの狙いはただ一つ、この疾川だろう。この絶望的な戦力差で、お前たちに勝機があるとすればそこだけだろうからな。確かに疾川を人質に取られてしまえば、私にはもう為す術がなくなる……だから二匹で協力して、どうにか隙を作れないかと考えたわけだ」

ふっ、と敗は口元を歪めて、

「だが、この私がいる以上、そんな甘い策など通用しないぞ……これまで私が、どれだけこの足手まといに迷惑をかけられたと思っている？　いくら赤髪の女が町中に撒き散らした嘘の匂いのせいで、鼻が鈍っているとはいえ、これまで散々嗅いできた貴様の匂いを、この私が嗅ぎ落とすことなどあるわけないだろうが！」

「――っっ〰〰っ!?」

地面に倒れ伏したでたらめちゃんは、苦悶の表情を浮かべて、敗たちの方を睨みつけていた。「……っ、疾川さん！　あなたは、それでいいんですか!?」

「……え？」

呼びかけられて、ずっと放心したように虚空を眺め続けていた疾川いたみは、驚いたようにでたらめちゃんを見返してくる。

「そんな風に、自分の吐いた嘘の言いなりになったままで……泥帽子の催眠で無理やり〈嘘憑き〉を続けさせられたままで、本当にいいんですか!?」

「……………」

「あなた、本当はもう〈嘘憑き〉を辞めたいんじゃないんですか!?　普通の人間に戻りたいんじゃないんですか!?　だとしたら……あなた自身が敗さんに歯向かわない限り、いつまでもその希望は叶いませんよ！　一生そのままですよ！」

「………もういいの」

「え？」

「私、もうどうでもいいの、そんなこと……自分が〈嘘憑き〉だとか、そうじゃないとか」

ふるふる、と疾川はゆっくりと首を左右に振って、

「だって、私は取り返しがつかないんだから。自分から人を傷付けるなんて行為に手を染めてしまった時点で、もう元の医者に戻ることは絶対に許されないから。だから私は、こ

の先一生、〈嘘憑き〉として生きていくしかないの……。

外科医だった頃、周りの人はみんな、私のことを『医者じゃなく外科手術が好きなだけの女』なんて言っていたけど……私自身は、あくまで自分のことをお医者さんだと思っていたけど、でも、本当にそうじゃなかったの。私は、他の人たちの言っていた通り、自分の欲望のために平気で人を傷付けてしまえるような、医者失格の人間だった」

疾川は悲痛な調子で続けてくる。「そう自覚したとき、なんだか私、全部がどうでもよくなっちゃって……だからごめんなさい、でたらめちゃん。私は〈嘘憑き〉を辞められない。敗ちゃんからあなたを助けてあげることも、当然できない」

「…………っ、疾川さん！　そんな……っ！」

「――ふははははっ！　当てが外れたようだな、ネコ！」

絶望したように表情を失うでたらめちゃんに、敗はこれ以上ないというほどに口の端を歪めて、言葉をかけてくる。

「今さらこの女を説得しようなどとしても無駄なことだ。この女は、既に聴く耳など持っていないからな……さて、どうするネコ？　まさかもう、今ので完全に打つ手なしか？」

「…………〰〰っ！」

「ははっ、なんだ、呆気なさ過ぎるぞお前ら。暇潰し程度にはなるかと思っていたら、想像以上の歯ごたえのなさだ。よくそんな弱さで、この私に勝負を挑めたものだな」

愉快そうに言いながら敗は、こきこき、と自分の首を鳴らすようにして、

「さて、どちらから先にトドメを刺してやろうか……当初の予定通り、やはりネコの方から仕留めるべきか。それとも先にサクラ頭の方を始末して、どうにもならないという絶望をネコに与えて、その反応を愉しむべきか。迷うところだな……」

顔を包帯で半分隠していても、はっきりと判別できるほどに、敗は満面の笑みを浮かべているようだった。目の前のでたらめちゃんを今から殺せるというのが、その生殺与奪の権を完全に己の手の内に握っているというのが、彼女には愉しくて仕方ないらしい。

――だが。

「いいや。勝ち誇るには、まだ早いと思うぜ、敗」

そんな嘘たちの戦いを、ただ一人傍観していた奈良は、静かに口を開いていた。

「でたらめちゃんを虐めるのに夢中になるのは結構だけど、その前にもう少し、相方の方に注意を向けたらどうかな？」

「……なんだと？」

言われて、敗は怪訝そうに真横を振り向いて、

「……は？」

一瞬にして、その口元を凍り付かせていた。

「や、敗ちゃん……！」

彼女の視線の先では、疾川いたみが、ひどく怯えたような顔をして佇んでいる……その首筋には、刃渡り10㎝ほどの包丁の切っ先が、突き付けられている。

「――う、動かないで！」

果たして、包丁の持ち主である黒髪の女子高生は、敗に向かってそう怒鳴りつけていた。

「す、少しでも動いたら、この疾川さんって人がどうなるか分からないよ！　う、嘘じゃないよ！」

「……どういうことだ？　なぜ、人間がそこにいる？　どうやって私の警戒をかいくぐって、疾川のところまで近づけた？」

「……そんな風に、目を包帯でぐるぐる巻きにしているから気付けなかったんじゃないの？」

黒髪の女子高生――海鳥東月は、興奮気味に言葉を返していた。

「こ、今後は気をつけた方がいいよ。あなた、よっぽど自分の嗅覚に自信を持っているみたいだけど……世の中には、嘘の匂いのまったくしない、絶対に嘘を吐けない、私みたいな人間もいるんだからさ！」

「……はあ？」

敗は唖然としたように息を漏らして、

「絶対に嘘を吐けない、だと？　馬鹿な……そんな人間、存在するわけが……！」

「い、いいから私の言うことを聞いて！　み、見ての通り、あなたの宿主さんの命は今、完全に私の手の内なんだからね……！」

　ちなみに海鳥の顔は、張り付けられた奈良芳乃のそれではなく、元々の『海鳥東月の形』に戻っていた。どうやら羨望桜が散々敗に痛めつけられた影響で、その能力を維持することが困難になっている、ということらしい。

「私に何か攻撃しようとしたら、こっちもすぐに動くからね！　あなたの『人を傷付ける』能力がどれほど凶悪か知らないけど、流石にこの体勢から、私が疾川さんの首に包丁を突き立てるより早い筈はないんだから！」

「…………」

　果たして敗は、そんな海鳥の言葉に何の反応も示さず、しばらくの間無言で佇んでいた。

　が、不意に口を開いて、

「……ふん、なるほど。嘘の匂いがまったくしない人間、か。常識では考えられんような話だが、こうして実際に不意を突かれた以上は、信じざるを得んようだな。

　それで？　お前はそうして疾川を人質に取ってまで、この私に一体何を要求したいのだ？」

「……え？」

「私を消滅させたいのなら、今すぐにその包丁を疾川の首に突き立てればいいだけの話だ。

それをしないということは、疾川の身の安全をカードにして、なにか私と『交渉』したいことがあるのだろう?」

　ふう、と敗は億劫そうに息をついて、

「まあ、わざわざ訊かずとも見当はつくがな。このネコから手を引け、見逃せというのだろう? まったく……あの赤髪の女といい、なぜこのネコのためにそこまでする? お前たちとネコの関係など知らんし興味もないが、所詮は赤の他人だろうが。このネコの身の上話でも聞かされて、情に絆されでもしたか?」

「……っ! ちょ、ちょっとあなた、なんでそんな余裕そうなの!? あなた今、自分の命を私に握られて――」

「ああ、もちろん理解しているとも。私の生命線である疾川は今、間抜けにも敵の手に落ち、その首筋に包丁を突き付けられている。まさしく絶体絶命の状況と言えるだろうな」

敗はにやり、と口元を歪めて、「しかし、どうだろうな? お前、本当にそんな包丁で、疾川の首を貫けると思っているのか?」

「――は?」

　そんなわけの分からない敗の物言いに、海鳥は眉をひそめて、

「――っ!?」

　次の瞬間には、その表情を驚愕に歪めていた。

疾川の首筋から、ドロドロとした液体のようなものが溢れ出てきて、海鳥の持つ包丁に纏わりついて来ていたのだ。

「な、なにこれ……っ!?」

「まったく貴様ら人間というのは、救いようのないほどに愚かだな。我々嘘には本来肉体がない——それくらいのことはこのネコからも聞かされていただろうに、よりにもよって『目に見える形』などというものに惑わされるとは。今お前の目の前に立っているこの私が、私の本体だと一度でも言ったか？　私の全部分であると、一度でも言ったか？

宿主のことを一ミリたりとも信用していない私が、たとえ片時でも、その女の傍を離れるわけないだろうが……！　今も疾川の体内には、私の肉体の一部が残留し続けている。そして疾川の身に危険が及ぶようなら、即座に防衛に移るというわけだ——こんな風にな」

ぱちん、と敗は指を鳴らす。

途端、疾川の身体から今度は何本もの触手のようなものが飛び出してきて、凄まじい勢いで、海鳥の身体を刺し貫いていた。

「——海鳥っ!?」

向こう側から、ぎょっとしたような奈良の悲鳴が聞こえてくる。

「………がっ！」

口から大量の血を吐き散らして、その場に崩れ落ちる海鳥。力強く握りしめていた筈の包丁も、彼女の掌（てのひら）から、するりと抜け落ちてしまっていた。

「残念だったな、人間。この私の不意を一度でも突いたのは賞賛に値するが、やはり私の方が一枚上手だったようだ」

言いながら敗（やぶ）は、かつかつ、と靴音を鳴らしつつ、海鳥（うみどり）の方へゆっくりと近づいてくる。

「仮にお前が、私と交渉しようなどとせず即座に疾川（はやかわ）を仕留めにかかっていたとしても——あるいはさっきの室内で、私が傷付いている隙に疾川に襲い掛かっていたとしても、結末は同じだったろう。私は常に疾川の身の安全について細心の注意を払っているのだ。つまり、私の疾川に対する信頼の『無さ』を見誤ったことが、貴様らの敗因というわけだな」

「…………っ！」

「——さて、当面の危機を脱したところで、お前はどうしてくれようか？」

やがて敗は海鳥の目の前で立ち止まると、嗜虐的（しぎゃくてき）に口元を歪（ゆが）めて、

「結果的にこちらに損害はゼロだったとはいえ、私の宿主に刃（やいば）を向けた以上は、それなりの制裁を受けてもらうぞ」

言いながら、足元に横たわる海鳥の身体（からだ）を、思い切り踏みつけにしていた。

「……っ！　ああああああっ!?」

「ふふっ、一瞬とはいえ、人間に出し抜かれるなど、こんな屈辱は生まれて初めてだ。私

は基本、人間は殺さない主義だが……今回に限り、それを曲げても良いとさえ思ってしまうほどだ……！

なにより重要なのは、どうやらお前は本当に嘘を吐けないらしい、ということだな。普通ならそんなことは有り得んのだが、現実に『嘘の匂いがまったく漂ってこない』という事実がある以上、そうだと考えるしかない。くくっ、これは困ってしまったぞ。私は本来、嘘を吐いてくれる共生相手の命は絶対に奪わない主義なのだが……絶対に嘘を吐けない人間が相手となれば、話は違ってくる……！」

「………………！」

「私がお前を殺せない理由は、つまり一つもないというわけだ……しかし、だからといって絶対に殺さないといけない、という話でもないな。私の狙いはあくまでもネコの命なのだし、生きている人間を殺すというのは、なにやら後始末が面倒らしいと聞く。

……よし、こうしよう。いいか人間？　今この場で、あのネコを『見捨てる』と宣言してみせろ。それから、私に歯向かったことに対して、心からの謝罪をするのだ」

「……宣言？　謝罪？」

「お前は嘘を吐けないのだから、つまりそれは心の底からの本音ということだ。お前は本心でネコを見限り、私に対して謝意を示したということだ。そこまでして屈服の姿勢を見せるというのなら、私も鬼ではない。命だけは助けてやらんこともないぞ」

「さあ、どうする？　などと言っても、もはや考えるまでもないことだろうが」

勝ち誇ったような敗の言葉を、海鳥は朦朧とした意識で聴き取っていた。全身の痛みは時間経過ごとに酷くなる一方で、まだ気を失っていないのが不思議なほどだ。ただの女子高生がこれほどの痛みを味わうことなんて、交通事故にでも遭わない限りは皆無だろう。堪え難いような苦しみ、恐怖、絶望感……普通ならとっくに心が折れて、屈服してしまっている筈だ。もしそうなったとして、誰が文句を言える筈もない。海鳥東月はたった16歳の少女の身で、ほとんど見ず知らずの女の子のために、これほど身体を張ったのだから。

「……………」

しかし、それでも海鳥は。

「……い、嫌だ」

顔を苦痛に歪めながら、額に脂汗を滲ませながら、しかし瞳の奥に強い決意の炎を滾らせて、そう言葉を返していた。「死んでも私は、そんなこと言わない……！」

「……なんだと？」

「だって私は、全部分かった上で、この場にいるんだから……！　今さら、そんな取引に応じられるわけないでしょ!?　馬鹿じゃないの!?」

どれだけ身体が痛もうと、もはや関係ないと言わんばかりに、海鳥は叫ぶ。

「……は？　馬鹿だと？　貴様、今この私に対して、馬鹿と言ったのか？」

「ば、馬鹿も馬鹿、大馬鹿さんだよ！　何度だって言ってあげる！　あ、あなたみたいに、強い力を振りかざして、弱いもの虐めをするのはさぞ気分がいいだろうけど……自分は弱いって分かり切っているのに、それでも強いものに立ち向かっていこうとするでたらめちゃんの方が、よっぽど格好いいんだから！　少なくとも私はそんなあの子の生き方を、見苦しいだなんて絶対に思わない！」

「…………。おい、訂正しろ人間」

いつのまにか、敗の口元からすっ、と笑みが消失していた。

「今の言い方だと、まるで私があのネコに劣っているように聞こえるぞ。今すぐに言い直せ。さもないと――」

「……っ、いやいや、どう考えても劣っているでしょ、あなたの方が……！」

海鳥は、必死の引きつり笑いを浮かべながら、敗を見上げて、

「だって、あなたってよく考えてみれば……物凄くしょうもない内容の嘘だもんね」

「……は？」

ぴくっ、と敗の頬が引きつる。「貴様いま、なんと言った……？」

「う、嘘ってさ、世界に何かしらの変化を与えることが、存在理由なんでしょ？　そこへ行くと、奈良はやっぱり凄いよね。全人類の容姿を一つに統一してしまおう、本当に世界

の在り方そのものを変えてしまおうっていう嘘なんだから……い、良い悪いは別にしても、とにかく話のスケールの大きいことだけは間違いないよ……。

でも、そこへ行くとあなたはなんなの？　本当は病気にならない人を、無理やり病気にして、また治す？　そんなの、あってもなくても一緒のようなものじゃない……本当にしょうもない、くだらない内容の嘘だよね……ほ、骨折り損のくたびれ儲けとは、正にこのことって感じ……！」

「………き、貴様っ！」

ぴきぴき、と額に青筋を立てて、敗は叫んでいた。

「貴様っ、貴様っ、貴様っ……！　こ、この私が嘘としてしょうもない、くだらない、だと？　ふざけるな！　い、今すぐに謝罪して訂正しろ！」

「……いやいや、謝罪も訂正もできないよ、私は」

明らかに平静を失っているらしい敗に対して、海鳥は挑発気味に言葉を返す。

「あなたも分かってくれたんでしょ？　私は嘘を吐けない、思ってもないことは絶対に口に出せないんだって。だ、だから、あなたの存在を心の底からしょうもないと思ってしまっている私は、しょうもないと答えることしか出来ないんだよ……」

「………っ〰〰！」

「そ、それにしても、そんなに取り乱すってことは、これは案外あなたの痛いところだったりしたのかな？　もしかして、自分の嘘の内容がコンプレックスだったりするの？　だとしたら、それはなんていうか、本当にお気の毒だね……これは本当に心の底からお気の毒だと思っているから、言ってあげられるんだけど」

やはり、どこまでも焚きつけるような海鳥の物言いに、敗はしばらくの間言われるがままになっていたが……やがて表情を険しくさせて、

「……も、もういい！　ならば望み通り殺してやる、人間！」

そう耳をつんざくような声で叫んでいた……と同時に、また海鳥の腹部から、今度はぶちぶちっ、と何かが破裂するような音が響く。

「——ごぽっ！」

「たった今、内臓の幾つかを潰してやった。致命傷だ、もう助からん……とはいえ、すぐにトドメは刺さんがな。この私をコケにしたことをたっぷりと後悔できるよう、じわじわと時間をかけて嬲り殺してやる……！」

口元から大量の血を零した海鳥を見て、敗は満足げに息を漏らす。「ふ、ふふふ……よく考えてみれば、お前のような人間に会えたことはむしろ幸運だったな。私はずっと、一度でいいから、お前たち人間を殺してやりたいと思っていたんだ……！」

「…………あ、あ」

口元から溢れてくる血液を、ぼんやりと眺めながら、海鳥は力なく声を漏らす。

「……わ、私、死ぬの？」

「ああ、死ぬぞ。すべてお前の自業自得でな」

「…………い、嫌だ、死にたくない」

虚ろな表情で、海鳥は呟いていた。

「い、痛い、苦しい、怖い……し、死にたくないよ……助けて、助けて、誰か……！」

「──はっ！　今さら何を言うか！　この期に及んで命乞いなどしても、もはや手遅れだと言っているだろうが！

お前はもう絶対に助からん！　もちろんお前だけでなくネコも、あのサクラ髪も──ついでにサクラ髪の宿主の女も、誰も彼も皆殺しにしてくれる！　これほど不快な気分にさせられたからには、今夜に限っては、人間を殺さないという『矜持』も度外視だ！　ははっ、はははっ、はははははは！」

…………。

「……あ？」

だが、そんな敗の高笑いが長く続けられることはなかった。

「……な、なんだこれは？」

不意に自分の口から溢れてきた血液に、敗は呆然とした声を漏らす。

そして、すぐに彼女は身体の支えを失ったかのように、その場に崩れ落ちてしまっていた。

「ど、どうなっている……？　力が出ない……？　い、一体何が……？」

「──ふう。見事に引っ掛かってくれたね、敗さん」

そんな彼女を見下ろすようにして言葉をかけていたのは、海鳥東月だった。

果たして彼女は、肉体の損傷など何もかも『嘘』だったかのような、完全に完璧に無傷の状態で、その場に立ち上がっていた。

「『作戦』大成功──これで、私たちの勝ちだよ」

◇◇◇◇

「……わ、私、死ぬの？」

敗の攻撃を受けて、風前の灯火のような意識で、海鳥は声を発していた。

「ああ、死ぬぞ。すべてお前の自業自得でな」

既に内臓の破裂した海鳥を見下ろしながら、敗は残酷に言葉を返してくる。

「…………い、嫌だ、死にたくない」

虚ろな表情を浮かべて、海鳥は呟きを漏らす。「い、痛い、苦しい、怖い……し、死にたくないよ……助けて、助けて、誰か……！」

「──はっ！　今さら何を言うか！　この期に及んで命乞いなどしても、もはや手遅れだと言っているだろうが！」

などと、嬉しそうに声を弾ませる敗。海鳥が自分から命乞いの言葉を口にしたのが、よほど嬉しいらしい——だがそもそも海鳥は、最初から敗の方など見てもいない。

海鳥が命乞いをしている相手は、敗などではなかったからだ。

「………」

最初、疾川いたみは、いつもの覇気のない表情で海鳥を眺めているだけだった。海鳥が必死にぱくぱくと口を動かしたとしても、自分には、何も関係ないと言わんばかりに。

——だが、そんなことは問題ではないのだ。彼女が聴く耳を持っていなかろうと、たとえ声が彼女の元まで届いていなかろうと、ただ口の動きを彼女に見せるだけでいい。それだけできっと、彼女には伝わる。

他の言葉ならともかく、恐らく彼女の人生で最も目にしただろう口の動きを——『た』『す』『け』『て』の四文字を、疾川いたみが見落とす筈はないのだから。

「………あ」

果たして疾川いたみは、その意味に気付いた。

気付いてしまっていた——途端、彼女の顔色がみるみる内に変化していく。ずっと虚ろだった彼女の瞳に、はじめて光がともる。「あ、あ、あ……」

そんな彼女の様子を見て、海鳥は自分の『作戦』が上手く行ったのだと確信していた。

――ややあって、海鳥の全身を襲っていた痛みが、全て消え失せる。

「……ふう」

ゆっくりと息を吐きながら、海鳥はその場に立ち上がっていた――と同時に、公園の向こう側から、凄まじい勢いで少女が駆け寄ってきて、海鳥に抱き付いてくる。

「海鳥っ！」

奈良芳乃だった。

「わっ！　ちょ、ちょっと奈良、どうしたの!?」

「……っ、本当に生きた心地がしなかったよ、海鳥……！」

彼女の胸元に頭を埋めるようにしながら、奈良は憔悴しきったような声音を漏らす。

「い、いくら最初から、そういう『作戦』だって聞かされていたとはいえ……キミが敗に身体をグチャグチャにされて、踏みつけにされているときなんか、飛び出していかないようにするので大変だった……！」

「……奈良」

たった一人で、不安を押し殺すようにして事の成り行きを見守っていたのだろう奈良の頭を、海鳥は優しく撫で返し――そして、海鳥とは入れ替わるようにその場に崩れ落ちた敗を、冷たく見下ろしていた。

「見事に引っ掛かってくれたね、敗さん。『作戦』大成功、これで私たちの勝ちだよ」

「――ど、どういうことだ!?」

先ほどまでとは打って変わって、地べたに這いつくばる格好になった敗は、必死の声音で叫んでくる。「疾川……! お、お前から急に、想いの供給が途絶えたぞ!? い、一体どうなっている!?」

「……ごめん、敗ちゃん」

尋ねられて、後方に佇む疾川は、目を伏せつつ答える。

「だって今、その子、助けてって言ったから」

「……は!?」

「絶対に嘘を吐けない女の子に、そんなに苦しそうな顔で、死にたくないって必死に助けを求められたら……私、医者として、見捨てることなんて出来ないよ……!」

「な、何を今さら馬鹿なことを!」

理解できない、という風に、敗はいっそう声を荒らげる。「な、何が医者だ! 私たちが今まで、どれだけの人間を痛めつけてきたのか忘れたのか!? お前は既に医者失格の人間なんだぞ!?」

「……それはもちろん分かっているけど。でも、たとえ私が医者失格の人間なんだとしても、それは目の前で死にかけている女の子を見捨てていい理由にはならないから」

おずおずと自信のなさそうな――しかしどこか断固たる意思を感じさせるような口調で、

疾川は言葉を返す。

「す、少なくともさっきの状況だと、もう手の施しようはなかった……救急車は呼んでも絶対に間に合わないし、私が自力で治してあげようにも、この場には当然手術設備なんかないわけだし。それでもその子を助けてあげようと思ったら、後はもう私が敗ちゃんの力を奪うくらいしか、選択肢が残っていなくて……」

「…………っ〜〜〜！　なんということだ！」

敗はぎりっ、と唇を噛み締めて、怨嗟の声を上げる。

「まさか、最初からこれが狙いだったのか、貴様!?」

「──うん、そうだよ」

果たして、海鳥は頷きつつ即答する。

「本当にありがとうね、敗さん。私のことを、ちゃんと殺そうとしてくれて」

「……わ、訳が分からん！『作戦』だと!?　どこからどこまでが『作戦』だ!?　まさか、私に追い詰められていたことさえ、演技だったというのか!?」

「まさか、演技なんかじゃないよ。私は嘘を吐けないんだから、そんな騙すような真似はできないってば。全部、心の底からの慌てようだった。

予め決めていたのは、嘘の匂いがしないことを利用して疾川さんに近づいて、包丁を突き立てて人質に取って──わざと失敗して、あなたに殺されかける状況を意図的に作り出す、くらいだったからね」

「……私に殺されかける状況を、意図的に作り出す、だと⁉」

「要するにさ——『殺人』っていうのは、疾川いたみさんにとっての、唯一の『地雷』だったんだよね。どれだけ彼女の意思が弱かろうと、どれだけ泥帽子って人の催眠術が強力だろうと、そこを踏み抜いてしまうだけで全部が破綻してしまうような、とびっきりの『地雷』。

あなたは今まで、一度も人の命を奪ったことがないって言っていたけど——あなた自身はそれを、『矜持』だとか思い込んでいるみたいだけど、本当は、それが踏み抜いてはいけない『地雷』だって、無意識の内に理解していたんじゃないの？」

「…………っ！」

「だから私たちは、あなたにその『地雷』を踏ませるだけで、あなたの『矜持』の外側の存在である私を、ただ『殺そうとさせる』だけで良かったんだよ。ただ、『どうぞ殺してください』なんて風にノコノコ出て行っても、あなたに怪しまれるだけだから、罠丸出しだから——私が殺されかけても不自然じゃない状況を作り出す必要があったんだよね。

そういう意味では、奈良もでたらめちゃんも羨望桜ちゃんも、本当によくやってくれたよ。おかげであなたは、『皆の戦っている隙に、私が疾川さんを人質に取ろうとしている』って、私がそういう作戦のもとに動いているんだって、見事に誤解してくれた。

唯一困ったのは、最後の詰めの部分だったよ。あなたも言っていた通り、あなたは私を殺せないわけじゃないけど、かといって絶対に殺さないといけない理由があるわけでもなかったからね。だから一か八かで私は、あなたを挑発してみたんだよ。あなたを不愉快にさせる言葉で罵って、焚きつけて、うっかり私を『殺してしまいたい』と思わせるように」

「……この私の行動を、完全に操ってみせたというのか？　ただ、口先だけの言葉で？」

「口先だけの言葉で十分だったんだよ。だって私は嘘を吐けないんだから。この私に罵倒されたってことは、つまり心の底から私に見下されているってことだから。プライドの高くて、人一倍コンプレックスの強そうなあなたが、そんなの許容できる筈ないよね」

海鳥はそこで、笑みを浮かべて言うのだった。

「こういうの、〈本音の刃〉って言うらしいよ。あなたの大嫌いな、でたらめちゃんの受け売りだけどさ」

◇◇◇◇

「本当に無茶をしましたよね、海鳥さん」

しばらくして、その場に立ちあがれるほどに体力を回復させたでたらめちゃんは、そう呆れたように呟いていた。「正直、ファミレスで海鳥さんがこの『作戦』を提案してきたときには、正気を疑いましたよ。こんな綱渡りとさえ言えない、むしろ綱から落ちることを前提に成り立っているような無茶な作戦、よく思い付くものです」

「……なにそれ？　褒めてるの？　馬鹿にしてるの？」

「当然褒めていますよ。あなたの『作戦』のおかげで、私たちはこうして勝利することが出来たんですからね――そして反省もしています」

「え？」

「こんな無謀すぎる『作戦』、どう考えても賛成すべきではありませんでした」

でたらめちゃんは肩を落として言う。

「〈嘘殺し〉における私の役割は、あくまで生身の人間である海鳥さんを、嘘の物理的な脅威から守ることです。さっきはつい、海鳥さんの『作戦』の奇抜さに心を動かされて、私も賛成してしまいましたけど……今は心から後悔しています。『次』からは、こういったことはないように心がけるつもりです」

でたらめちゃんはそう、まるで自分に言い聞かせるような口調で言ってから――地面にへたり込む敗の方へ向き直って、

「まあ、それはそれとして。いよいよ今回の〈嘘殺し〉の幕引きと行きましょうかね」

「……っ！　ま、待て！」

果たして、地面に這いつくばったままの敗は、慌てたように言葉を返していた。

「……わ、分かった！　今回はお前たちの勝ちでいい！　もう二度と、お前の前にも現れ

ないと誓おう……だ、だから」

「……だから？　なんですか？」

でたらめちゃんは無表情で尋ね返していた。「だから、見逃してほしい、と？　今さらですね敗さん。既に疾川さんに見限られてしまった以上、仮に私が見逃したとしても、あなたの余命はもはや幾何も残されていないんですよ？」

彼女は言いながら、敗の近くに屈み込んで、その顔を覆っていた包帯を、無理やりにはぎ取ってしまう。

「くっ！」

悔しげな本人の呻き声とともに、その素顔が露わになる。

──果たしてそれは二十歳前後ほどの、ややあどけなさの残る、若い女性の相貌だった。

「き、貴様らごときに……！　貴様らごときに、この私が……！」

「……ね、ねえ、でたらめちゃん。この人、やっぱり本当に食べちゃうの？」

そんな彼女の素顔を眺めつつ、海鳥は気まずそうな口調で言う。「食べるって……つまりこの人を、殺しちゃうってことなんだよね？」

「……ああ。ちなみに、それについては誤解があると思いますよ、海鳥さん」

と、そんな海鳥の方を、でたらめちゃんは振り向いて、

「これまで私は散々、〈嘘殺し〉なんて露悪的な言い回しをしてきましたけれど……別に

嘘を食べたからといって、その嘘自身が死んでしまうわけではありませんからね」

「え?」

「単純に敗さんには、私の身体を構成する一部になっていただくというだけの話ですよ。完全に私の支配下には置かれるものの、自我だってそのまま残ります。ですから『食べる』というよりも、『取り込む』と言った方が正確かもしれませんね」

「――ば、馬鹿が! それが一番問題なんだろうが!」

と、そんなでたらめちゃんの言葉を遮るようにして、敗は叫んでいた。

「宿主に見捨てられて、現在の肉体を失うだけというのなら、むしろ望むところだ! また他の人間に吐かれればいいだけの話なのだからな! ……だが、お前の一部として取り込まれるだと!? そうなれば、私は誰からも吐かれなくなるじゃないか! 嘘にとっては、それこそ本当に殺されるようなものだ!」

言いながら敗は、縋りつくような目を疾川いたみの――元の宿主の方に向けて、

「は、疾川! お願いだ、私を助けろ! わ、私にはもう、お前しか頼れるものがいないんだ……!」

「……ごめんなさい、敗ちゃん」

だが、疾川は力なく首を振り返すだけだった。

「私、もう決めたの……医者に戻るって。これから大勢の人たちを助けるために、〈嘘憑

き〉を辞めるために、あなたを助けることを選ばないって」

「――っ！　は、疾川！　貴様、この恩知らずが！　これまで私が、どれだけお前のために尽くしてやったと思っているんだ――がっ！」

尚も恨み節を吐き散らかそうとしていた敗だったが、でたらめちゃんにその首根っこを押さえられて、強制的に黙らされてしまう。

「潔く観念してください敗さん。あなたはもうおしまいなんです」

「……っ！　く、くそっ！　くそっ！　くそがぁ～！」

「……とはいえ、安心してください。あなたのお仲間も、すぐに同じ所に――私の胃袋の中に送ってさしあげますから」

そして、そんな敗の耳元で、でたらめちゃんは静かに囁きかけるのだった。

「あなたもよくよくご存知の通り、私は嘘の風上にも置けないような、人間もどきです。ただ『死ぬのが怖い』なんていう死ぬほどしょうもない理由だけで、他の嘘を食い物にして、十年以上も生き延びて来た、クズのような嘘です。自分でこんな生き方を選択した以上、誰かに外道呼ばわりされても何の文句も言えませんし、言うつもりもありません。

しかし――だからこそ私は、自分の『ごはん』のためだったら、なんだってやれてしまうのですよ。〈泥帽子の一派〉が人間社会にとっての『悪』である以上、私はこの命を賭してでも、必ずあなたたちを全滅させます。私の食い意地を舐めないでください。あなたたちなんかに、人間はやらせません」

「……っ！　ほ、本気で勝てると思っているのか、お前……!?」

鼻息がかかるほどの至近距離で、敗はでたらめちゃんを睨み返して言う。

「お前のような雑魚が……我々〈一派の嘘憑き〉を全員敵に回して、本気で生き残れるとでも……!?」

「……ふん、愚問ですね敗さん」

果たしてでたらめちゃんは、鼻を鳴らして答えていた。

「既にサイコロは投げられたんです。勝てるかどうかとか、生き残れるかどうかとか、そんなことを試算する段階はとっくに通り過ぎました。後はもう、その場しのぎに、行き当たりばったりに、流れのままに、一生懸命に——出鱈目に、戦い抜くというだけのことですよ」

「………………っ！」

「話は以上です——それでは、御馳走になります、敗さん」

それが決着の一言だった。

かくして彼女たちの〈嘘殺し〉は、閉幕した。

8　海鳥東月と奈良芳乃

「今日は付き合ってくれて本当にありがとうね、海鳥さん」

　鉄板に置かれたモダン焼きを『テコ』で切り分けつつ、奈良は言う。

「このお店、家族でたまに来るんだけど……見ての通り、女子高生が一人で入れる感じの店じゃないからさ。もしも海鳥さんがついてきてくれなかったら、今日はここのモダン焼きを諦めなきゃいけないところだったよ」

　そんな彼女の言葉通り、そのお好み焼き屋の店内は『食事処』というよりも、『居酒屋』のような雰囲気だった。客席のほとんどはサラリーマンやＯＬなどの大人たちに埋め尽くされており、制服姿でカウンターに腰掛けている女子高生など、奈良と海鳥の二人くらいしかいない。なお、一方の海鳥の方はと言うと――

「……ど、どど、どうしようどうしようどうしよう……クラスの女の子と一緒にごはんごはんごはん」

　と、そんな風に目をぐるぐると回しながら、早口、かつ隣の席の奈良にはギリギリ聞き取れないような声量で、なにやら独り言を呟き続けていた。彼女の目の前にもモダン焼きが置かれているというのに、手元の『テコ』に手を触れようとすらせず、まるで食べ始めようという気配がない。

「……ちょ、ちょっと海鳥さん、大丈夫？」

そんな海鳥の異様な様子を見て、流石に奈良も心配そうに声をかけていた。

「もしも本当に体調が悪いとかだったら、今からでも帰ってくれていいんだけど……」

「……っ！　い、いや、大丈夫だよ、奈良さん！」

が、そんな奈良の呼びかけに、海鳥はぶんぶんっ、と力強く首を振り返して、「せっかく誘ってもらったんだし……こ、ここまで来たからには、私も覚悟を決めるから！」

言いながら彼女は、唐突にカウンターに置かれていたコップを掴んだかと思うと――まるで自分を奮い立たせようとするかのように、中身を一気に飲み干してしまう。

「――ぷはっ！　よ、よし、いただきます！」

それから彼女は、ようやく『テコ』を握りしめて、食事を開始させるのだった。奈良のそれよりは大分たどたどしい手つきでモダン焼きを切り分け、それを『テコ』の上に載せ、自分の口元へと運んでいく。「う、うん、美味しいよ奈良さん！　凄く美味しい！」

「……そ、そう？　それはなによりだけど」

奈良は無表情で――しかし明らかに不審そうな眼差しで、そんな海鳥の姿を眺めている。

「……まあいいや。ところで海鳥さん。今日はキミに、ちょっと聞いてもらいたい話があるんだけど」

「え？」

出し抜けに切り出された奈良の言葉に、海鳥は驚いたように真横を振り向いてくる。

「話？」

「うん。食べながらでいいから、耳だけ傾けておいてくれるかな？」

そんな風に前置きしてから、奈良は滔々と語り始めるのだった。

……。……。……。

「――ってなわけで、事務所を飛び出した私は、駅前のベンチでたそがれていたというわけなんだよ」

やがて、数分ほどたった後。

奈良は『全て』を語り終えていた。

自分がモデルの事務所に入所した本当の理由、『事件』を起こしたこと、そのせいでクビにされてしまったこと……その何もかもを、簡潔に。

「だから、ごめんね海鳥さん。さっき私が『美少女過ぎて仕事を干されて、だからクビにされた』って言ったのは――いや、あれはあれで事実ではあるんだけど――正確じゃないんだ。私がクビを宣告されたのは、あくまでも、私自身の持っている『思想』のせいさ。ちなみに、なんでそんな嘘を吐いたかっていうと……本当のことを全部話したら、キミが私を気味悪がって、ごはんについてきてくれなくなると思ったからなんだけど」

などと言う奈良は、先ほどから、海鳥の方を一切見ていない。

自分の正面だけを一心に見据えて、相手の反応も窺わず、相槌すら待たず、ただただ一方的に自分語りを続けているのだ。

「……どうしても今日は、誰かとごはんを食べたかったんだよね、私」

物憂げな口調で、彼女は言う。

「なんだか今日だけは、一人ぼっちでいたくなくて。誰かに話を聞いてもらいたくて。駅前で声をかけてくれた海鳥さんに、半ば無理やり付き合ってもらったというわけなのさ」

奈良自身、それは説明のつけられないような、奇妙な感情だった。

今さら自分は何を期待して、こんな話をしているのだろう、とも思う。

ほぼ初対面のクラスメイトに、自分のことを聞かせたところで、気味悪がられて終わるだけなのに。

どうせまた、異常者扱いされるだけなのに。

「海鳥さんも災難だったね。よく知りもしないクラスメイトから、こんな訳の分からないような話を聞かされて……正直、私のこと、ヤバい女だって思ったでしょ？」

言いながら、彼女は数分ぶりに、海鳥の方へと視線を向けていた。

恐らくは、ドン引きしたような顔をして、こちらを眺めて来ているに違いない……なんて、半ば確信に近いような予感を抱きながら。

しかし、

「……え？」

果たして奈良は、そんな海鳥の浮かべている表情を視認することが、できなかった。

――それよりも早く、海鳥の平手打ちが飛んできて、奈良の顔面を引っ叩いていたからだ。

「…………は？」

呆然としたように、じんじんと痛む頬を押さえつつ、奈良は今度こそ海鳥の方に目を向ける。

「お話はよく分かったよ、奈良さん」

海鳥東月は、真っ赤だった。

怒りの形相を浮かべていた。

目尻をこれでもかと吊り上げ、刺すような目つきで、奈良のことを一心に睨み付けてきている。「私から言えることは一つだね――今すぐお母さんに電話して、謝りなさい！」

「……は!?　き、キミ、今、私のこと、ぶったの!?」

怒りは遅れてやってきていた。

「――〰っ！　し、信じられない！　なんてことしてくれるんだよ、海鳥さん！」

奈良は無表情で、しかし声音にあらんかぎりの怒気を滲ませて、海鳥にがなりたてる。

「こ、この私をぶつだなんて……もしもこの顔に傷でもつくことがあったら、どう責任を取ってくれるんだい!?」

「知りません！　今はそんな話してません！」

が、海鳥は怯まない。「今はあなたの顔のことなんて、どうでもいいの！　だから今すぐお母さんに電話して、さっきのことを謝りなさいって言っているんだよ、私は！」

「……は、はあ？」

そのあまりに猛々しい剣幕に、さしもの奈良も気勢を削がれ、たじろいてしまう。

海鳥の発している言葉は、そこまで大声というわけでもないのだが（だから店内においても、彼女たちの口論はそれほど注目を集めていない）、なにやらその声音には、有無を言わせない、力強さのようなものが込められているのだ。

「……ちょ、ちょっと海鳥さん。なんかキミ、様子が変じゃない？」

奈良が思わずそう問いかけてしまうほど、海鳥の変容ぶりはすさまじいものだった。こうして顔を真っ赤にして奈良を睨み付けて来ている彼女が、さっきまで自信のなさそうにおろおろと視線を彷徨わせていた少女と、とても同一人物だとは思えない。奈良が一方的に過去を喋り続けている間に、一体この少女の身に、何が起こったというのだろう？

ちなみに、

「あれー？　ちょっとお兄さん？　私、さっき焼酎頼んだ筈なのに、このコップに入っているの、ただの水なんだけど？」

……などと、彼女たちの右隣のカウンターに腰掛ける若い女性客の口から、そんな言葉が発せられていたのだが、海鳥の変容ぶりに気を取られている奈良は、それに気付けない。

「奈良さん、私はね、怒っているんだよ……！」

両肩をぷるぷる、と震わせるようにしつつ、海鳥は尚も言葉を続けてくる。

「奈良さんが世界一美しいだとか、全人類の容姿を統一させたいって夢があるだとか、そのためにモデルの事務所に入って、そのせいでクビになったとか、そんな別にどうでもいい、い、い、いようなことはともかく、私が許せないのは、あなたが最後に話してくれた部分だよ！　あなたを心配して、わざわざ仕事の合間を縫って駆けつけてくれたお母さんを、突き飛ばすだなんて……有り得ないよ！　絶対にやっちゃいけないことだよ！　今すぐあなたのお母さんに電話をかけて、一秒でも早く謝罪して、奈良さん！」

「……は？」

海鳥の剣幕に、奈良は訳が分からない、という風に口を開いて、

「な、なに言ってるの、海鳥さん？　私がさっき、母親を突き飛ばしたことが許せない？　だから謝れ？

……い、いやいやキミ、私の話ちゃんと聞いてたの？　どう考えても、突っ込むべき箇

所はそこじゃないでしょ。私は十六人もの人間を、自分と同じ顔に整形させてしまったような女なんだよ？　そんな常軌を逸したようなことを平然とやってのける、危険思想の持ち主なんだよ？　普通なら、まずはその部分に対するなにかしらの反応が返ってきて然(しか)るべきだと思うんだけど……言うにこと欠いて、別にどうでもいい、だって？」

「うん、別にどうでもいいよ奈良(なら)さん。だって本当にどうでもいいんだもの」

海鳥(うみどり)はきっぱりとした口調で言い切ってくる。

「——と、いうより、その点については、まだ理解は出来る、と言うべきなのかな。私別に、奈良さんがそこまで悪いことをしたとは思っていないし」

「……え？」

「だって奈良さんは、ただ自分の美しさを振りまいただけなんでしょ？　十六人のタレントさんにしても、顔を変えたのはあくまで本人の自由意思なんだよね？　だったらもうその時点で、お互いの間ではきっちり話はついているんだから、それ以上外野が口を挟むような問題じゃない筈(はず)だよ。行為の是非はともかくとしても、少なくとも、奈良さん一人『だけ』が理不尽に文句を言われるような筋合いはないと思う」

「…………！」

と、淡々とかけられた海鳥の言葉に、奈良は衝撃を受けたように息を呑(の)んでいた。

「う、海鳥さん……キミ、私の話、ちゃんと分かってくれて——」

「でも最後のはないよね！　最後のだけはどうしてもいただけないよ！」

だがそんな奈良の反応など一顧だにせず、海鳥の語勢はどこまでも留まることがない。

「自分の実の母親を、数少ない自分の『味方』になってくれる人を、自分から拒絶してしまうだなんて、考えられないよ！　今この場で、あなたが電話でお母さんに謝る姿を見せてくれない限り、私は収まりがつかないから！」

「……は、はあ？　なんだよそれ？」

奈良は、困惑したように声を漏らして、

「そんなの別に、海鳥さんには何の関係もないことでしょ？　私たち親子がいつどんな風に喧嘩しようと、それは私たち親子の勝手なんだから。だ、大体、あの人は別に、私の『味方』でもなんでもないよ。私の考えなんてこれっぽっちも理解してくれない、私とは違う『普通の人』なんだから――」

――ばちんっ！

また平手打ちが飛んできていた。

奈良の顔面が、今度はさっきと逆方向に弾き飛ばされる。

「――〰〰っ！　キミ、次同じことやったら、今度はこっちも手ぇ出すからな!?」

「う、うるさいお馬鹿！　あなたがとんちんかんなことばっかり言うのがいけないんでしょう！」

ふー、ふー、と鼻息を荒くしながら、海鳥は奈良を険しく睨み付けている。

「あ、呆れて物も言えないとはこのことだよ！　思わず手を出しちゃったよ！　まったく奈良さんってば、あなたは本当に何一つ、大事なことが理解できていないんだね！」

「…………？」

「自分の考えをこれっぽっちも理解してくれない⁉　私とは違う『普通の人』⁉　なに言ってるの⁉　だから、だからこそじゃん！」

「……え？」

「だからこそ大事なんじゃん！　だからこそ貴重なんじゃん！　自分の考えを一切理解してくれないのに、自分とはぜんぜん価値観が違うのに、それでも味方でいてくれる人なんて、そうそう出会えるもんじゃないんだよ、奈良さん！」

「…………！」

「そんな人が近くにいてくれるのに、奈良さんは何を『私は一人ぼっちです』みたいな顔をして、『寂しそう』ぶっているのかな！　私、今晩あなたが一緒にごはんを食べるべき相手は、どう考えても私じゃないと思うんだけど！　ご両親だと思うんだけど！」

「…………」

そう一気に捲し立てられて、奈良はなにやらハッとしたように、言葉を詰まらせていた。

彼女の脳裏をよぎるのは、ついさきほど事務所の廊下でかけられた、母からの言葉。

『で、でも芳乃、これだけは分かって！　ママもパパも、あなたのそういうちょっと風変わりな一面も含めて、世界で一番に愛しているのよ！　とにかくこのことだけは、本当に本当のことだから――』

「――っ！　う、うるさいな！　それこそ余計なお世話だよ、海鳥さん！」

が、そんな内心の動揺を打ち消そうとするように、奈良はひと際大きな声を張り上げて、

「さっきから黙って聞いていればごちゃごちゃと……あんまり知った風な口を利かないでもらえるかな⁉　どうせキミなんかには、私の抱えている苦しみなんて、分かりっこないんだから――」

「ううん、分かるよ」

「…………は？」

「私、奈良さんの気持ち、すごく良く分かる。だって、私も同じだから」

「……なんだって？」

「私も奈良さんと同じように、ちょっとだけ、普通じゃないから……」

海鳥はそこで、声のトーンを少しだけ落として、

「私の身体には、生まれつき、『呪い』みたいなものがかけられているから……だから普通の人みたいには、どうやったって生きられないの」

「……はあ？　『呪い』？」

「その『呪い』のせいで、私もこれまで散々、辛い思いをしてきたものだったから……人と違うせいで苦労するって奈良さんの気持ちも、ちょっとは分かってあげられると思うよ」

「……??」

「だけどね奈良さん。一つだけはっきり言えるのは——私には、奈良さんのご両親みたいな『味方』なんて、一人もいないってことだよ」

海鳥は諭すような声音で言葉をかけてくる。

「だから私は、それを持っている奈良さんがすごく羨ましいし……それを自分から手放してしまうなんて、本当に勿体ないことだと思う」

「…………」

「電話しよう、奈良さん。それで一言、『さっきはごめんね』ってお母さんに謝るの。今それをしないと、多分あなたは、一生後悔することになると思うから」

「…………」

奈良は、なにやら考え込むように視線を落としていた。

正直、最後の方に告げられた言葉の意味はよく分からなかったのだが……確かに海鳥の言う通り、自分を心配して駆けつけてくれた母親に対して、あれは良くない態度だったのかもしれない。なにより、この期に及んでまだ母親への電話を渋るようなら、目の前のこの少女は、今度はグーで殴りかかってくるだろう（奈良にはその確信があった）。もし殴り合いにでもなれば、今度こそ自分の顔に傷がついてしまうかもしれない。その展開だけは、絶対に避けなくてはいけなかった。

「……分かったよ！　電話すりゃあいいんだろ、電話すりゃあ！」

ややあって奈良は、そう観念したように言いながら、スカートのポケットからスマートフォンを取り出していた。

通話画面を開き、予め登録していた母親の電話番号をタップし、本体を耳に当てる。ぷるるるる、という呼び出し音が何度か鳴り響いた。やがてコールが途切れる。奈良は口を開いて、「あ、もしもし？　芳乃だけど、今、電話大丈――」

《うううううううううううっっ！》

――と、第一声を発しかけたところで、通話口から突然に響いて来た『奇声』に、彼女は言葉を掻き消されてしまっていた。

「――っ⁉　ちょ、ちょっとママ、どうしたの⁉」

《……うう～！　芳乃～！》

果たして通話口の向こうの奈良母は、すすり泣くような声で、言葉を返してくる。

《ご、ご、ごめんなさい～！》

「え……？」

《ま、ママまたいらんこと言っちゃって……芳乃のこと、悲しませちゃって……！》

《……なんで……ちゃんと……》

「………………は？」

《あ、あなたはいつも、私たちに、『分かってほしい』って言ってきてくれているのに……ママ馬鹿だから、あなたの言っていること、ぜんぜん分かってあげられなくて……！ ううっ、ぐすっ、母親として、情けない……ごめん、ごめんねぇ、芳乃……！》

……そう心から申し訳なさそうに謝ってくる母親に対し、奈良はしばらくの間、二の句を継ぐことが出来なくなっていた。

自分の母が一体何を言っているのか、なぜ謝ってきているのか、彼女には理解が出来ない。

謝るべきは、どう考えても自分の方なのに。

「……っ！ や、やめてよママ！ そんな風に謝らないで！ 泣かないで！ さっきのことはどう考えても、100％私の方が悪いんだから……！」

ズキズキッ、と途端に胸を走った痛みに、奈良は顔をしかめそうになりながらも（『なりそう』になっただけであり、表情そのものは変わっていない）、それでも母を慰めようと、懸命に言葉をかけていく。「ママは私を心配してくれて駆けつけてくれたのに、私、あんな子供みたいな態度取っちゃって。あ、謝るべきなのは、絶対に私の方だよ……！」

《……ぐすっ！ ううん、そんなことどうでもいいのよ、芳乃。それよりあなた、晩ごはんはいらないって言っていたけど、もうどこかのお店で食べちゃったの？》

「……え？」

《その……もしあなたの気が向いたら、でいいんだけど》

と、そこで通話口の奈良母は、なにやら言いよどむようにして、

《実はママ、今、お好み焼きを作る準備をしていてね……》

「――っ！」

《ほら、芳乃の大好物でしょ？　今日は色々あったし、食べたい気分なんじゃないかと思って……パパもまだごはん食べるの待ってくれているから、今からでも帰ってきて、三人で食べない？》

「……………」

雷に打たれたように、奈良は固まっていた。

奈良の目の前には、既にあらかた食べ終えられた、モダン焼きの残骸が並んでいる。

普段の奈良からすれば、一食分としては、既に十分すぎる量である。

彼女はそれを、数秒の間、無言で見つめてから、

「……………うん、分かった。ありがとうママ。まだ食べてないから、すぐに帰るね」

と、そう答えていた。

答えるまでには間があったものの、口調そのものには、一切の躊躇（ちゅうちょ）がなかった。

やがて奈良は、もう二、三言母親と言葉を交わしてから、通話を終了させる。それから、

溜め息まじりに海鳥の方に向き直って、

「……で？　これで満足かい、海鳥さん？」

「…………」

果たして、海鳥は何も答えなかった。

彼女は爆睡していた。

カウンターに突っ伏して、すやすやと気持ちよさそうに、寝息を立てている。

「はあ!?　寝てる!?　なんで!?」

もはや奈良はわけが分からなかった。人をあれだけ焚きつけて、ほとんど無理やり電話させておいて、一体なんなのだろう、この少女は？

「……まあでも、これでキミには、大きな『借り』が出来ちゃったわけだね」

奈良は無表情で息を吐きながら、無防備に晒されている海鳥の寝顔を、つんつん、と指で突いてみせる。

「ありがとう海鳥さん。今夜、ママの作ってくれたお好み焼きを食べ損なっていたら、私は一生後悔するところだったよ。この『借り』は、いつか必ず返すからね」

翌日、激しい頭痛を抱えながら高校に登校してきた海鳥は、これらの出来事をまったく憶えていなかった。

――だが奈良はこの日、海鳥東月と過ごした夜のことを、恐らく一生忘れることはない。

◇◇◇◇

〈嘘殺し〉が終わってからも、奈良は中々、海鳥から離れようとしなかった。

敗がでたらめちゃんに食べられたことで、彼女の能力によって起こされた現象はすべて『嘘』になった。海鳥の傷はもちろんのこと、かつて敗の攻撃によって病院送りにされてきた『被害者』たちも、なんならさっき破壊された海鳥の部屋のドアにしても、今ごろは根こそぎ『元通り』になっていることだろう。だからもう、何も心配はいらない――と、海鳥はそう何度も説明したのだが、しかし奈良は、頑なに納得しようとしなかったのだ。

「やだやだやだっ！　離れない！　絶っっっ対に離れない！　ちゃんとキミの無事を確信できるまで、私が不安じゃなくなるまで、今日はずっとキミと一緒にいる……っ！」

奈良もでたらめちゃんと同じく、海鳥の『作戦』に賛成してしまったことを、勢いに流されて海鳥の無謀を後押ししてしまったことを、深く後悔していたらしい。彼女の取り乱しようは凄まじいものだった。目からぼろぼろと大粒の涙を流して、海鳥から片時も離れようとしない姿は、さながら母親にぐずつく小さな子供のようだった。

やむなく海鳥は、奈良とぎゅっ、と手を繋いであげた状態で、電車を乗り継ぎ、彼女を自宅まで送り届ける羽目になった。やがて奈良宅に到着し、インターホンを鳴らした後でさえ、奈良はまだ海鳥と離れるのを渋っていたのだが……慌てたように出て来た母親が、やんわりと彼女を引きはがしてくれたおかげで、海鳥はようやく解放されたのだった。

「奈良さんの〈嘘殺し〉は、しばらく『保留』にしようと思います」

　そして、その帰り道。

　海鳥のマンションの最寄り駅、いすずの宮駅へ向かう電車内にて、でたらめちゃんはつり革を掴みながら、そう出し抜けに切り出してきた。

「……『保留』？」

　奈良の涙でぐしゃぐしゃになった制服のシャツを、困り顔で眺めていた海鳥は、唐突なでたらめちゃんの言葉に、顔を向け返す。

「ええ。と言っても、今回奈良さんや羨望桜さんに助けてもらったから、という理由ではもちろんありませんよ？」

　窓の外の景色に視線を向けたままで、でたらめちゃんは言葉を続けてくる。

「さっき海鳥さんの部屋でも言った通り、私は自分の目先の生き死にに関係なく、奈良さんの嘘を確実に仕留めるつもりでした。何故なら彼女は、まだ泥帽子の催眠を受けていないだけで、本質的には〈一派の嘘憑き〉たちと同類であり——絶対に野放しにしてはいけない『社会悪』だ、と決めつけていたからです。

　しかし……今日一日、奈良さんと交流して、私はその認識を改めざるを得ませんでした。

どうも彼女は、〈一派の嘘憑き〉たちとは、『何か』が違っているようなのです」

ふっ、とでたらめちゃんは溜め息を漏らして、

「少なくとも、中学までの奈良さんは、〈一派の嘘憑き〉に限りなく近い人間だった筈なんですけどね。しかし高校二年生の彼女は、なんていうか、『普通にただのいい人』って感じでしょう？　とても興味深い『変化』ですよ。高校に入学してからの一年間で、一体彼女にどんな『気付き』があったのでしょうね？」

「……はあ。いや、知らないけど、そんなこと」

海鳥は戸惑ったように答える。

そんなことを自分に訊かれても、奈良の価値観が一体どうして変容したかなんて、分かる筈がない——と、心の底から、そんな風に思いながら。

「……まあでも、あなたの言う通り、奈良は『放置』しても問題ないって私も思うよ」

そして海鳥は、再び涙に濡れたシャツの胸元に目を落として、静かに言う。

「だってあの子は、何があっても、『世界の敵』になんかならないから」

昨日までなら、もしかしたら、そう断言できなかったかもしれないけれど。

今の海鳥は、はっきりそうだと、心の底から言い切ることができるのだった。

「だってあの子は、私の『味方』なんだから」

◇◇◇◇

と、それから更に一時間後。

破壊されたドアも含めて、すべてが『元通り』になった、海鳥のマンションの部屋にて。

「うん。正直これは、予想を裏切られたよ」

生姜(しょうが)焼きの切れ端を箸で口に運びつつ、海鳥は感慨深げにそんな呟(つぶや)きを漏らす。

「流石(さすが)に自分から『料理はかなり得意』なんて言うだけあるね。まさか、ここまでちゃんとした、美味(おい)しい料理が食べられるとは思わなかったよ」

「恐れ入ります」

言われて、恭しく頭を下げ返すでたらめちゃん。

彼女たちは丸テーブルを挟んで、向かい合うようにして座っている。

テーブルの上には、大小いくつものプラスチック皿が並べられている。皿の上に盛られているのは、豚の生姜焼き、卵焼き、ほうれん草の煮びたし、サラダ、味噌汁(みそしる)など……何もかもでたらめちゃんが、帰宅後の小一時間ほどで用意してみせた品々である。

「一応、一汁三菜くらいは揃(そろ)えておこうと思いまして。とはいえ海鳥さんに、『ちゃんとした料理』なんて言っていただけるほど大した献立でもありませんけどね。あまり準備に時間が取れなかったものですから、正直かなりのやっつけ仕事ですよ。お恥ずかしいです」

でたらめちゃんは謙遜したような口ぶりで言うものの、しかし、どこかまんざらでもなさそうな声音である。「本当なら海鳥さんには、もっと本気で作ったものを召しあがっていただきたかったのですけどね。自分で言うのもなんですけど、今回適当に用意したようなものとは、三段階ほどレベルが違う筈ですから。また次の機会があれば、是非」

「……はあ。別に私は、これくらいで十分満足できるけどね」

思いがけず饒舌に捲し立ててきたでたらめちゃんに、海鳥は戸惑ったような息を漏らしつつ、「――っていうかさ、でたらめちゃん。そんなことより、あなたに最後に訊いておきたいことがあるんだけど」

「……？　訊いておきたいこと、ですか？」

「そもそもの話、私の『呪い』を治してくれる〈嘘憑き〉なんて、本当に実在するの？」

露骨に不信感を滲ませたような声音で、彼女は尋ねていた。

「今まではなんとなく、そこに突っ込まないままで来ちゃったけど……よく考えたら、それって凄く『ふわふわ』した話だよね。でたらめちゃんがいくら嘘について詳しくても、そんな私にとって都合の良すぎるような〈嘘憑き〉、そうそう見つかるとは思えないしさ。『すみません海鳥さん！　私も全力を尽くしたんですけど、あなたを治せる〈嘘憑き〉をどうしても見つけることが出来ませんでした！　それでは、さようなら！』なんて、最後の最後にそんなこと言われようものなら、流石の私もぶちギレると思うんだけど」

「……なるほど。確かに海鳥さんの立場からすれば、そこは気になる部分でしょうね」

でためちゃんは頷き返して、「なにせあなたは、『嘘を吐けるようになりたい』という理由だけで、私に協力することを選んでくれたんですから」

「……うん、そうだよ」

――だからよく考えて決断するんだ、海鳥――キミはでたらめちゃんを助けるのか、それとも、助けないのか？

そう奈良に問い掛けられたとき、海鳥の頭には色々なことが、様々な思いが駆け巡った。今日一日のこと、彼女のこれまでの人生のこと、敗と戦う上でのリスク、命の危険。果たして、それらの要素をじっくりと吟味したのち、海鳥東月の出した結論は――

「私はどうしても嘘が欲しいんだよ、でたらめちゃん。だって私は、奈良と友達になりたいんだから」

強い意志を込めたような口調で、海鳥は言う。「別に嘘を吐けなくたって、『処世術』さえあれば、日常生活にそれほど支障をきたさないだろうけどね。でもそれじゃあ、いつまで経っても、あの子を友達と呼んであげることは出来ないから」

そしてそれは、奈良のことだけに限った話ではない。

彼女は今まで、『普通』ではなかったせいで、『色々なもの』を諦めてきたのだ。

だから、もし『普通』になれるというのなら、彼女は――

「私は嘘を取り戻すためなら、なんだってするよ、でたらめちゃん。〈嘘殺し〉だろうとなんだろうと、全力であなたに協力してあげる……まあ流石に、今回みたいに内臓を潰されたりするのは、次回からは避けたいところだけど」

「……ええ、ご心配には及びませんよ、海鳥さん」

と、そんな風に真剣に語り掛けてくる海鳥に対して、でたらめちゃんは頷き返して、

「私の〈嘘殺し〉に協力していただけるなら、海鳥さんが嘘を吐けるようになる、というのは、確定した事実ですから。

なにせ私、海鳥さんの『呪い』を治してくれる〈嘘憑き〉とは、知り合いなので」

「……え？」

「まったく影も形も見えない〈嘘憑き〉をゼロから探し出すというならともかく――既に知っている〈嘘憑き〉にコンタクトを取るだけなら、『見つかりませんでした』なんてことは絶対に起こりえないでしょう？」

でたらめちゃんは、なにやら悪戯っぽい笑みを浮かべて言うのだった。

「ええ、そうです海鳥さん。私はあなたの救い主となる〈嘘憑き〉のことを、よく知っています。どういう人物なのか、どういう内容の嘘を吐いた〈嘘憑き〉なのか、今どこで何をしているのか、その何もかもをね」

「……！　な、なにそれ！」

あっけらかんと明かされた事実に、海鳥は衝撃を受けたように顔を引きつらせていた。

「は、早く言ってよ、そういうことは！　それって私にとって、凄く凄く重要な情報じゃない！　だ、誰なの、それ⁉　せめて、『どんな内容の嘘を吐いた〈嘘憑き〉なのか』だけでも、今この場で教えて――」

「ふふっ、そう焦らないでくださいよ、海鳥さん。これは私にとって、海鳥さんを味方につけるための、唯一絶対のカードなんですよ？　そう易々と、手の内を明かすわけにはいきませんってば」

勢いよく追及してくる海鳥に対して、でたらめちゃんはひらひら、と掌を振り返して、

「ただ、一つだけ情報を開示しておきますと――『その人』は〈泥帽子の一派〉のメンバーというわけではありません。私が『その人』と知り合ったのは、〈一派〉に加入する遥か以前のことですからね。つまり『その人』の存在は、〈一派〉のメンバーにすら、知られていないということです」

「……要するに、でたらめちゃんに仲介をお願いするしか、私と『その人』がコンタクトを取る方法はないってこと？」

「そういうことです――あははっ、良かったですね、海鳥さん。これでもうあなたは、私に協力するしかなくなってしまいましたよ？」

「…………っ！」

「まあ、この話はまた今度にしましょう。今日はもう大分夜も遅いですしね――とにかく今の段階で、私からあなたに言えることは一つですよ、海鳥さん」

そして彼女は、不敵に微笑みながら、海鳥の方に掌を差し出してくるのだった。

「私を信用してください。私は絶対に、海鳥さんに嘘を手に入れさせてみせます。嘘しか吐けないでたらめちゃんと言えど、これだけは本当です」

「……っ！　な、なんなのそれ！　でたらめちゃん、最後まで適当なことばっかり！」

対する海鳥は、差し出されたでたらめちゃんの小さな掌を、あからさまに不審そうな目で見つめ返している。「大体、『嘘しか吐けない』っていうのも意味分からないしね！　本当に嘘しか吐けないのなら、それはただの正直者だし、そもそもあなた、割と本当のこと喋ってるし……！」

と、海鳥はそんな風に、でたらめちゃんの眼前でいやいやと首を振り続けていたが、

――やがて観念したという風に、差し出された掌を、しっかりと握り返していた。

『嘘を吐けない』海鳥東月と、『嘘そのもの』でたらめちゃん。

黒色と白色の〈嘘殺し〉コンビ、結成の瞬間だった。

あとがき

皆様はじめまして、両生類かえると申します！　このたびは本書をお読みくださり、本当にありがとうございました。ラノベ作家になりたいという目標自体は高校二年生ごろからあったので、今回このような機会に恵まれたことを本当に幸せに思っています。

思い返せば、自分の人生の大きな転機は２０２０年でした。当時の自分は、大学生として就職活動に50連敗くらいし、「もうブラック企業でもなんでもいいから取り敢えず就職しよう」と、「説明会を受けに行ったら、なぜか最終面接が始まる」という人手不足をひしひしと感じさせてくる企業の面接を受け、無事に内定を得たあと、その内定がぶっ飛んでしまった、という状況でした。

ちなみに内定ぶっ飛びの理由は大学を留年したからです。というのも、自分の通っていた大学は１２４単位が卒業に必要な単位数でした。これは、ただ単位を１２４個取ればいいという話ではなく、「Aのグループからは40単位必要」「Bのグループからは30単位必要」というように、細かいルール決めが為されていたみたいなのですが、自分はそれをあんまり理解できておらず、なんとなくで単位を取得していたら、卒業間際になって事務の人から「普通の人は１２４単位で卒業できるけど、あなたは卒業に無意味な単位を取りまくっているので、134単位ないと卒業できません……」と告げられたのです。

そして、まあコロナ渦とかもありましたし、このまま就活を続けても光はないだろう、ということは流石の自分でも理解することができました。だから自分は腹を括りました。「これはもうラノベ作家になるしかない」。そして、それから一年間は自分なりにけっこう頑張り、奇跡的に受賞の連絡をいただき、今に至るというわけです。現実を見て就活をしていたときには、現実はぜんぜん良くならなかったのに、いざ現実逃避をした途端に現実が動き出すとは、人生とは本当に不思議なものですよね！

以下謝辞です。編集様、このたびは改稿に9か月もかけてしまってすみません……。甘城なつき様、このたびは完全にこちらの都合で、スケジュール面で超超超絶多大なご負担をおかけして本当に申し訳ありませんでした。しかし全キャラ100点満点で8000点という可愛さでしたが、特に奈良は16000点差し上げたいくらい完璧でした！本当にありがとうございます！

審査員の先生方におかれましては、応募時点で問題がかなり多かったはずの本作を最優秀賞に選んでくださり、本当にありがとうございました。かけていただいたその期待に応えられるよう、この先精進いたします。

以上になります。それでは皆様、また次回お会いしましょう。さようなら！

MF文庫J

海鳥東月の『でたらめ』な事情

2021 年 11 月 25 日　初版発行
2022 年 4 月 10 日　3 版発行

著者　両生類かえる

発行者　青柳昌行

発行　株式会社 KADOKAWA
〒 102-8177 東京都千代田区富士見 2-13-3
0570-002-301（ナビダイヤル）

印刷　株式会社広済堂ネクスト

製本　株式会社広済堂ネクスト

Printed in Japan　ISBN 978-4-04-680912-4 C0193

◇◇◇

この作品は、第17回MF文庫Jライトノベル新人賞〈最優秀賞〉受賞作品「泥帽子」を改稿・改題したものです。

【 ファンレター、作品のご感想をお待ちしています 】
〒102-0071 東京都千代田区富士見2-13-12
株式会社KADOKAWA　MF文庫J編集部気付「両生類かえる先生」係　「甘城なつき先生」係